講談社文庫

読書の極意と掟

筒井康隆

講談社

目次

第一章　幼少年期　一九三四年〜

第二章　演劇青年時代　一九五〇年〜

第三章　デビュー前夜　一九五七年〜

第四章　作家になる　一九六五年〜

第五章　新たなる飛躍　一九七七年〜

読書の極意と掟

第一章　幼少年期

一九三四年〜

田河水泡『のらくろ』

戦前、単行本が十冊刊行され、一九六九年に復刻された。文庫版も出たが現在入手は古書などで。

「のらくろ二等卒」が「少年倶樂部」に連載されはじめたのは昭和六年の新年号からだった。ぼくはまだ生まれていない。

「少年倶樂部」は、そのころ大日本雄辯會《ゆうべんかい》講談社といういかめしい名前だった講談社の発行で、同社から『のらくろ上等兵』が単行本として出たのは昭和七年。以後、一年に一冊ずつ『のらくろ伍長』『のらくろ軍曹』『のらくろ曹長』『のらくろ小隊長』の順で刊行される。

ぼくが生まれたのは『のらくろ軍曹』が出た昭和九年だが、もちろん生まれたばかりだからのらくろは読めず、五歳の頃はリューマチで寝たきりだった祖母に、朝日新聞連載の「ススメ！　フクチャン」を読んでもらっていた。大好きだったフクチャンの作者横山隆一と、のちに対談をし、一緒に文士劇の舞台に立ち、わが童話『地球はおおさわぎ』を絵本としてご一緒に作ることになろうなどとはこの頃、夢にも思っていない。

その祖母が死んで転宅し、幼稚園も田辺愛児園からカトリック聖母園に変わってい たぼくは、はじめてのらくろを読んだ。昭和十一年発行の『のらくろ小隊長』だった。装幀が漫画とは思えぬ立派な函《はこ》入り布貼りで、絵は美しくのらくろは可愛く、ストーリイは面白く、当時の子供たち同様たちまち夢中になってしまった。定価壹圓《いち》というのがどれほどの値打ちだったかは知らないが、買ってはもらえなかった。京大理学部出の父親は漫画を卑《いや》しんでいたようだ。

友達何人かが持っていたので、借りては読み、借りては読みしたものの、いずれも『のらくろ小隊長』。だいたいのらくろというのは失敗ばかりしている頃が面白くて、出世するにつれて失敗をしなくなる。巻末の広告に出ている『上等兵』や『伍長』『軍曹』がずいぶん読みたかったものだ。誰かがのらくろを持っていると聞けば出かけていったものだが、やっぱり『のらくろ小隊長』。これはのらくろが士官候補生として士官学校へ入る話であり、戦争もなく、最後に怪獣退治をするだけで、比較的面白くない巻だった。

のらくろ各巻を読み、作者がマヴォという芸術集団にいた画家であったことや、小林秀雄の義弟であったことを知るのはずっとあとのことである。とにかくその絵の夕ッチはすばらしく、模写せざるを得なかった。折り目正しくバタ臭く正統的で、これはのちに「少年俱樂部」の連載をまとめた『のらくろ漫画全集』で見たのだが、兵舎へ鉄砲を盗みに入るニワトリなどは完全にアールヌーボーである。落語的な落ちも面白かった。学習用に貰《もら》ったノートへのらくろを描き、そしてこの頃からやはり夢中になっていた孫悟空も描き、勝手にストーリイを作っては描き、ノートを描きつぶしてはまた新たなノートを貰い、また漫画で埋め尽した。親からは漫画ばかり描いて、とずいぶん叱《しか》られたものだったが、のち、作家の余技として漫画を描き、それが『筒井康隆全漫画』という一冊の本になるなど、その頃のぼくはまだ夢にも思っていない。

江戸川亂歩『少年探偵團』

一九三八年刊。当時の挿絵を一部収録した少年倶楽部文庫は古書で。新編集の文庫がポプラ社や光文社から。

日本が大東亜戦争へ突入した年にぼくが入学したのは、南田辺小学校ではなく南田辺国民学校だった。その年からそう改められたのだった。疎開するまでの三年半、いちばん仲がよかったのは万年級長の高松英雄君。成績のよくないぼくといつも遊んでくれて、他の生徒とは話が合わないようだった。喧嘩《けんか》した時、彼の方から仲直りに来たからだ。

この高松君は父親がいず、ひとりっ子だった。歩いて五十メートルばかりの彼の家の彼の部屋に行くと、そこには本棚いっぱいに子供向けの本が並んでいた。ああ、お母さんから大事にされているんだなあ、可愛がられているんだなあと羨《うらや》ましかった。ぼくの家はと言えば、書斎にぎっしり本は並んでいるものの、動物学者である父の蔵書のほとんどが動物学関係の、外国語の本も含めた学術書ばかり。あとは大正教養人らしく漱石全集だの世界文学全集だのがあったものの、子供には手が出ない。ぼくの成績が悪いのは、親が子供用の本を買ってくれないからだ、などと思ったものだが、これが間違いであったことはずいぶんあとで気づくことになる。その高松君の本棚に、江戸川亂歩の『怪人二十面相』と『少年探偵團』があった。昭和十一年から「少年倶樂部」に連載されたものをすぐ単行本にしたのだったろう。

これが怖かった。

舞台に選ばれるのは主に東京都内の下町の住宅地であり、今読めばそれは昭和初期のレトロな風景として読めるのであろうが、東京都と大阪市の違いはあるものの、当時はわが環境そのものであり、そこを跳梁《ちょうりょう》する怪人の描写たるやまさに悪夢だった。

本を借りて帰る、などという知恵はまだなかったのか、いつも読むのは高松君の部屋であり、横に高松君がいる。あるページの章題を見た高松君が突然「あっ、その次のページが怖い」と叫ぶ。ページをめくると、見開きでそこに描かれているのは屋根裏に這いつくばった悪魔のような怪人の姿。絵は梁川剛一《やながわごういち》だった。よくも子供にあんな恐ろしい絵を見せたもんだ。トラウマになる子もいたのではあるまいか。

探偵小説なるものを読んだのは初めてだったから、不可能と思える犯罪を可能にする矢つぎ早のトリックにはほとんど感動した。そして江戸川亂歩の名はわが胸に焼きついた。その頃はまだ戦争が日常生活に影響するほどのことはなかったが、それでも戦意高揚が叫ばれていて、そのせいか南洋一郎《みなみようういちろう》や山中峯太郎《みねたろう》の戦争もの、冒険ものが子供たちに読まれていた。さいわいに、というか、そのての本は高松君の部屋にはなかった。読まなくてよかった、と、思っている。正統派を好まぬ性格はこの頃からではなかっただろうか。

十数年後、その江戸川乱歩に見出され、作家としてデビューすることになるなどとは、まだ夢にも思っていない。

戦時体制版として一九三九年、初版二万部で第一書房から刊行。『水滸伝』『三国志』とともに古書で。

弓館《ゆだて》芳夫訳『西遊記』

孫悟空という痛快なキャラクターを知ったのは、天王寺動物園に勤めていた父親に連れられ、家族とともに、その動物園のある新世界の映画館で榎本健一主演「孫悟空」を見た時である。昭和十五年に東宝で作られた映画を封切館で見たのだから、ぼくは六歳だったことになる。

孫悟空とエノケンのキャラクターは当時のぼくにとって重なりあっていた。孫悟空と同時にエノケンにも夢中になった。この映画はのちに近所の三流館・田辺キネマで上映されたのも見たし、戦後すぐにも梅田地下劇場で見ている。四十年後、フィルムセンターで小林信彦、色川武大《いろかわたけひろ》と見た時にはもはやストーリイのすべてを細部まで知っていた。それほどわが人生とかかわりあった映画だった。

六歳のぼくは映画を見てしばらく後、母親と本屋へ行き、講談社の絵本というシリーズの新刊『孫悟空と八戒』を見つけ、買ってもらった。本田庄太郎の絵は凄《すご》みのある重厚なものだった。また大正末期に「少年倶樂部」に連載されていた宮尾しげをの長篇漫画『孫悟空』の、表紙のとれた単行本をなぜか手に入れて持っていた。親戚の誰かの家にあったものだろう。

以後、ぼくがノートに描く漫画はのらくろと孫悟空の二本立てとなる。孫悟空はむろん宮尾しげをの模写である。後年、作家になってから、宮尾しげを氏がまだご存命だと聞いて、わが短篇「弁天さま」の挿絵をお願いすることになろうとは、この時にはまだ夢にも思っていない。

一年生になり、字が読めるようになると、父親の本棚に、第一書房刊で弓館芳夫という人の『西遊記』『水滸伝』『三国志』の三冊があるのを見つけ、さっそく『西遊記』に手をつけた。ぱらルビだから読めない字が多くて、読みこなすにはずいぶん苦労した。しかし、これが実に面白かった。とんでもないギャグがあり、講談調、落語調、漫才調と自由自在のくだけた文章に、ぼくはすっかり魅了された。横田順彌《じゅんや》などはこれを「数ある西遊記の中でこの訳の右に出るものはない」と書いている。後年、平岡正明《まさあき》に『水滸伝』を読ませたら彼は大喜びして、「吉川幸次郎訳以上のものだ」と手紙に書いてきた。

弓館芳夫は東京日日新聞の記者をしていた随筆家で、弓館小鰐《しょうがく》というペンネームだったが、軽装の戦時体制版だったためかこの本では本名を使っている。『水滸伝』も読んだが、人物が多過ぎてわけがわからなくなり、中断。『三国志』は尚さら歯が立たず、四年生くらいまでのおあずけとなる。

ぼろぼろになるほど『西遊記』を愛読しているので、父親がどれほど読めるのか確かめようとしたのだろう、家族が揃《そろ》っている夕飯の時に「読んでみろ」というので、ぼくはまず中ほどの章題を読んだ。

「色に迷う八戒」

家族も、ねえやのお静も固まってしまい、父親はあわてて「子供向きじゃないな」と言って読むのをやめさせた。わざと父親を困らせようとしたのかどうか、今は記憶にない。

ボアゴベ『鐵假面』

これも高松英雄君の部屋の本棚にあった、講談社の児童向けハードカバーで、世界名作物語シリーズの一冊である。『鐵假面』といえば当然デュマなのであろうが、ぼくはこのボアゴベの方が強く記憶に残っている。あの『怪人二十面相』や『少年探偵團』をすでに読んでいてお馴染みだった江戸川亂歩が訳していたので、飛びつくように読んだからでもあろう。

そしてこの本も怖かった。鉄仮面を取り、なかば髑髏《どくろ》のような顔になった男を、森の中でヒロインが目撃する衝撃のシーンは、これまた梁川剛一の怖い見開きの挿絵であり、この挿絵と、この男の正体の意外性こそがこの本をいつまでも記憶していた理由だ。あんな怖い怖い絵をよく子供に見せたものだ。トラウマになる子もいたのではあるまいか。

十九世紀末のフランスの探偵作家といえばルコック探偵もののガボリオが有名だ

一九五〇年刊の講談社世界名作全集5　江戸川亂歩訳・梁川剛一絵は古書で。新刊では長島良《りょう》三《ぞう》訳の講談社文庫が上下巻で。

が、このフォルチュネ・デュ・ボアゴベもそれと同時代の人。日本では明治時代以後、黒岩涙香《るいこう》がたくさん翻案、翻訳をしている。中学生時代から涙香を愛読していた江戸川亂歩は、当然涙香翻案の『鐵假面』も読んでいたであろう。児童向けにリライトしたこの『鐵假面』も、どうやら涙香版が下敷きらしい。ところがこの時期、亂歩はほとんどの翻訳やリライトを代訳者、代作者にやらせていたらしいのである。当時そんなことを知らなかったぼくだが、しかしこの『鐵假面』ばかりは、今でも涙香を敬愛していた亂歩が自身でリライトしたのだと信じたい気持でいる。挿絵の怖さも手伝って、子供の恐怖心に訴えかけるあの怖い文章は、亂歩以外の誰のものでもなかった筈《はず》と思いたいのだ。

なぜそんなに怖い亂歩が好きだったのだろう。大東亜戦争が始まって子供がみな軍歌を歌っている時代、血湧《わ》き肉躍《おど》る物語よりも、亂歩が好きだったとは。難しい字が読めるようになるとぼくは、そうとは知らず、すでに多くが発禁になっていた筈の、亂歩の大人ものの小説に手を出していた。

薬学博士だった伯父の大きな家が天王寺の椎寺町《しいでらちょう》にあり、ここには従兄姉《いとこ》が六人もいたのでよく遊びに行った。その北村家には押入れの中に大人ものの亂歩の短篇集が何冊かあり、これを引っぱり出してきて、座敷の真ん中に寝そべって読み耽《ふけ》った。子供が読むには相応《ふさわ》しくない「屋根裏の散歩者」だの「陰獣」だの「蟲《むし》」だの「パノラマ島奇談」だの「人間椅子」だのであって、これを見た従兄のひとりが驚いて「おーい。やっちゃんが亂歩なんか読んどるでー。大丈夫かあ」などと叫んでいたものだ。

それほど敬愛していた江戸川亂歩、いや、乱歩さんに見出され、新人作家として、「宝石」編集長の大坪直行の案内で、豊島区にある乱歩邸にお邪魔をし、その後もパーティなどでお目にかかって親しくお話しすることになろうなどとは、その頃まだ、夢にも思っていない。

現在は「小熊秀雄漫画傑作集①」として「不思議な国　インドの旅」と一緒に創風社刊。

謝花《しゃか》凡太郎・画『勇士イリヤ』

「大城《おおしろ》のぼるの『火星探検』は面白かったなあ」「復刻されないかなあ」

昔の話になるたび、しばしば小松左京とそうくり返していたものだが、これがやっと晶文社から完全復刻されたのは昭和五十五年、読んだ時から四十年近くが経っていた。

二年生か三年生のころだったろうが、誰から借りて読んだのかもうわからない。中村書店から昭和十五年に出たこの漫画のことは、同世代の多くが記憶している。所詮は夢の話とはいうものの、実在する火星の地名が出てくるなどの科学知識に裏打ちされたこのファンタジイは、先駆的なSF、あるいはSF漫画としての名作だった。ぼくにはキャラクターの可愛らしさと、オールカラーの童画的な上品さとモダンなタッチ、火星のトマトを種ごと食べたために腹痛を起して、火星人たちから食いしん坊とはやし立てられるエピソードが記憶に残った。

原作は旭太郎《あさひ》という人で、これはプロレタリア詩人・小熊《おぐま》秀雄のペンネームだった。乞《こ》われて中村書店の顧問となったこの人が、ナカムラ漫画のシリーズを価値ある名作揃いにした功労者だ。登用した漫画家はいずれも基礎のしっかりした画家ばかり。日本画の素養がある大城のぼるもそうだが、ぼくの胸に長く焼きついたあの『勇士イリヤ』を描いた謝花凡太郎もまた、優れた画家だった。ブイリーナ（ロシアの口承叙事詩）に謳《うた》われる伝説の英雄イリヤ・ムウロメツを描いたこの漫画も、やはり原作は旭太郎。ナカムラ漫画として刊行されたのは昭和十七年で、ぼくが八歳の時。誰に見せてもらったのか、やはり記憶にはない。くり返し読んだ記憶があるだけだ。

原作を読んだ謝花凡太郎は、マリオネットを連想したと言っている。主人公イリヤが三十歳になるまで手足が萎《な》えたまま、臥《ね》暖炉《だんろ》の上にすわっていたところからの連想だったろう。漫画とはいうものの、『勇士イリヤ』の絵の凄さにぼくは圧倒された。ロシアの暗い空と黒い森、陰鬱な大地がそこには表現されていた。英雄譚ではあるが、どこかに哀しみをたたえた途方もない巨人たちや哀れな怪物たちが登場する不思議な物語だ。これも暖かみのある上品でモダンな漫画だった。

現在この漫画は「小熊秀雄漫画傑作集①」として二〇〇五年に創風社から刊行され

たが、それまでは見ることができなかった。そして、初めて読んだ時には夢にも思わなかったことだが、もう一度見たい見たいという思いが高じて、なんと『イリヤ・ムウロメツ』を、ついに自分で書いてしまったのである。ナカムラ漫画の愛読者で、むろん『勇士イリヤ』も読んだという手塚治虫に絵を頼み、ブイリーナ研究の第一人者・中村喜和《よしかず》氏に解説をお願いし、昭和六十年、講談社から出したのだが、この時に編集者の小島香がどこかからモノクロのコピーで『勇士イリヤ』を入手し、届けてくれたのだ。もしかすると手塚さんの蔵書からのコピーだったのかもしれない。自分で書き始めてやっと再会できたという、不思議な体験だった。

坪田譲治『子供の四季』

一九三八年に新潮社から刊行、戦後、新潮文庫や旺文社文庫にもなった。現在は古書で。

わが家の本棚に、なぜか坪田譲治の『風の中の子供』と『子供の四季』があった。今調べたところから思うに『風の中の子供』は昭和十四年に、『子供の四季』は昭和十三年に、共に新潮社から出た本であったのだろう。坪田譲治は児童文学者だが、どちらも新聞連載小説だったから、むしろ大人の読む小説だったのだ。ぼくのために買ってきてくれた本ではなかったのである。

「善太と三平もの」として定評があった主人公の兄弟は、ぼくとさほど歳の変らない子供たちだし、児童文学という建前だから一応はすらすら読むことができたものの、大人の社会が背景にあり、その辺はよく理解できなかった。ぼくの好みの本でもなく、他に読む本がないから仕方なく読んだわけだが、これが心に残る本となった。

『風の中の子供』の巻末には、坪田譲治の出世作となった短篇「お化けの世界」も収録されていた。これは山本有三の紹介で、昭和十年三月、雑誌「改造」に発表されたものである。善太、三平の兄弟の父は工場を経営していたが、失敗して借金ができ、差押えを受けてしまう。そんな家庭の事情は子供たちの心にも不安をあたえ、ある日三平は教室で、先生や生徒たち全員が黒い獣のように見えはじめ、「獣の学校だ」と脅《おび》える。現実が「お化けの世界」に見えはじめるわけだが、タイトルから怪談を想像していたぼくには期待はずれだった。

だが、この小説は実話だった。譲治の兄は父親から受け継いだ会社の経営に失敗して紛争に巻き込まれていたのだ。しばらく経営に加わった譲治は肉親たちの争いを体験し、それを書いたのである。善太と三平も実在の子供たちであり、これを読んだ翌年、このふたりの出征が写真入りで新聞に載ったため「おやおや。この子たち、本当にいたんだ」と、ぼくはびっくりした。

『風の中の子供』も『子供の四季』も同じ題材の作品で、大人たちの争いや家庭の不幸に負けない子供の純真さが描かれている。それにしても兄弟の環境はまことに哀れである。これを読んだのは、弟たち三人と一緒に寝ている八畳の間の蒲団《ふとん》の中だったが、子供たちが可哀想で可哀想で、読み終えたあと蒲団にもぐりこんで泣いたものだ。以後、児童文学を読まなくなったのは、あの悲しい読書体験が原因ではないかと思う。

『風の中の子供』の次に書かれた『子供の四季』は譲治の最高傑作と言われている。もはや児童文学の範疇《はんちゅう》には収まらない文学であったのだろう。この作品では、はじめて親戚の甚七老人という豪放磊落《らいらく》な人物が登場する。挿絵にも描かれていた風貌から、ぼくはこの老人が一家の苦境を何とかしてくれるのではないかと、読みながらずいぶん期待したものだったが、やはりこの人も経済的には無力であり、どうしようもなかったようだ。その後この一族がどうなったか、出征した善太と三平はどうなったのか、ぼくは知らない。

江戸川亂歩『孤島の鬼』

初版は一九三〇年、改造社刊。現在は光文社文庫、創元推理文庫（連載時の挿絵入り）などで。

昭和十九年、日本の敗色が濃くなってきたころ、ぼくは四年生で縁故疎開をした。吹田《すいた》市千里山《せんりやま》の、母方の祖父の従兄で松山藤雄というお爺さんの家へ、家族と離れ、ひとりで疎開したのだ。なぜぼくひとりだけだったのか、よくわからない。食糧事情が悪くなってきたので、一人でも食い扶持《ぶち》を減らそうとしたのかもしれないし、空襲による一家全滅を避けようとしたのかもしれない。

この家へ、昭和七年に春陽堂から日本小説文庫の一冊として出ていた江戸川亂歩の『孤島の鬼』を、ぼくは持っていった。恐らくはあの椎寺町の北村家にあった本だと思う。編入した千里第二国民学校では、佐井寺《さいでら》という農村から通学している子らにずいぶん虐《いじ》められたが、この『孤島の鬼』はそんなつらい環境を忘れさせてくれる唯一の愛読書だった。物語は知り尽しているのに、何度もくり返し読み、そのたびに感動がある。今でもこれは江戸川亂歩の最高傑作だと思っている。

そんなに大切にしていた本を、なんでうかうかと人に貸してしまったのだろう。あの上級生にどんないきさつで貸したのだったか、もう憶えていない。彼は返してくれなかった。思いあまって電車でふた駅、豊津《とよつ》という駅近くの磯辺《いそべ》というその子の家まで返してもらいに出かけた。豪邸の門前に出てきた彼はしかし、かぶりを振って「ない」と冷たく言い、邸内に戻ってしまった。どれほど悔しかったことか。その悔しさはいつまでも忘れず、実は今でも恨み続けているのだ。

それにしても『孤島の鬼』、なんと魅惑的で、恐ろしくも悲しい話だったことか。慶応年代にまで遡る伝奇的な因縁話であると同時に、とんでもないトリックの推理小説でもあり、背筋が凍るほどの恐怖譚でもある。亂歩は天才だとぼくは思った。その文章の息づかいにも魅せられた。いくつかの文節は暗記してしまったし、中に出てくる「どこから私ゃ来たのやら、いつまたどこへ帰るやら」という大正時代の蠱惑《こわく》的な流行歌も、「神と仏がおうたなら、巽《たつみ》の鬼をうちやぶり、弥陀の利益《りやく》をさぐるべし、六道の辻に迷うなよ」という、経文のような暗号文も頭に刻みこまれた。中ほどに出てくる奇妙な手記がまた凄かった。幼い女の子の書いた文章が次第に、実は男女の畸形の双生児いわゆるダブル・モンスターの片方が書いているとわかってくる怖さは、今で言うセンス・オブ・ワンダーそのものだ。

そしてこの作品、実は名探偵明智小五郎にもその傾向がほの見える同性愛を、真正面から描いていた。若く美しい主人公蓑浦《みのうら》に恋をするのが、やはり美しい天才科学者諸戸《もろと》道雄である。この魅力的な諸戸という人物を、その頃から役者志向のあったぼくは、映画で演じたいなどと夢想したものだ。むろん後年、他ならぬ江戸川乱歩原作、塚本晋也監督、本木雅弘主演の映画「双生児－GEMINI－」にモックンの父親役、藤村志保との夫婦役で出演することになろうなどとは、この頃まだ夢にも思っていない。

デュマ『モンテ・クリスト伯』

現在は、山内義雄訳が岩波文庫から七巻で出ている。

戦雲ますます急を告げ、市内にいたぼくの家族も、千里山のお爺ちゃんの家に疎開してきた。ぼくの家族六人は、その松山家の二階で生活することになった。さらに階下の書斎には父親の本がどっさりと運びこまれ、積み上げられた。これでぼくはすっかり喜んだ。もう文学全集だって読める年齢になっていたからだ。もともとそこにはお爺ちゃんの書棚もあったのだが、尾崎紅葉『金色夜叉』だの小杉天外『魔風恋風』だの、子供が読んでも面白くないと思える本ばかりが並んでいたのだ。

最初に手をつけたのがデュマ『モンテ・クリスト伯』二巻である。子供向きにリライトされた『巌窟王』の原作だということは知っていたので、面白いに違いないという確信があったからだ。読みはじめてぼくはまず、児童向きの本で読まなくてほんとによかったと思った。「神は細部に宿る」なんて諺《ことわざ》はまだ知らなかったが、その諺はまさに小説のためにあったのだ。子供向きの本ではストーリイを追うあまり細部の描写や瑣末《さまつ》なエピソードは省かれてしまう。しかし小説の真の面白さはそういう部分にこそあり、実は以前、同じデュマの『三銃士』を児童もので読み、ちっとも面白くなかった経験がある。人物がチャカチャカと動くだけの紙芝居的な展開にすぐ嫌気がさし、以後、その種のものは読まなくなった。これは今でも正しかったと思っている。

新潮社の世界文学全集の第十五巻、第十六巻として『モンテ・クリスト伯』が出たのは上巻が昭和二年、下巻が同三年である。一年弱の間隔で配本されているが、ぼくはこれを幸せにもふた晩か三晩で読めたのだ。読んだのは二階の、ぼくひとりに充《あ》てられていた部屋の蒲団の中。とにかく面白くて面白くて、明け方になるまで夢中になって読んだ。上巻の訳が山内義雄、下巻はなんとあの大宅壮一《おおや》が訳している。この全集にはみなカバーがかかっていて、それには作品内の一場面が泰西名画のようなタッチで美しく描かれていた。この本の上巻のカバーはシャトー・ディフの断崖から布袋に入れられたダンテスが海に投げ込まれようとしている場面、下巻のカバーはメルセデスがモンテ・クリストに我が子の助命を嘆願している場面である。

あり余る財宝を手に入れたモンテ・クリスト伯が、あらゆる手段でじわじわと復讐していく後半がぼくには面白かった。この作品を書くにはどれほどの精力が費やされたのかと思うほどの構想と熱気に包まれ、後半、多彩な人物と共に物語は悠然と進んでいく。読み終わり、茫然とせざるを得ない。これは人間業《わざ》ではない、これ以上の復讐譚を書く作家はもう出ないのではないかと思い、アレクサンドル・デュマは天才だと思い、解説にも書かれているように、この時期のフランスでその名を喧伝された双璧がナポレオンとデュマであったというのも当然と思えた。

以後、ぼくは今でも、この作品を子供向けの本でしか読んでいない若い作家志望者に、原典で読むことを奨《すす》めている。

漱石の最初の小説。現在は岩波文庫、新潮文庫などで。

夏目漱石『吾輩は猫である』

戦争は終ったものの、椎寺町にあった北村家の豪邸は焼け落ち、一家はぼくの住んでいた千里山と同じ吹田市にある北村化学研究所に移ってきた。何百坪もある敷地の中には住居や研究所や倉庫が点在していた。倉庫の中には、松山家に運びきれなかった父の蔵書が保管されていて、その中に函入り、赤い表紙の漱石全集全巻が揃っていた。

ぼくはしばしばこの北村家まで行き、倉庫の中から漱石を引っぱり出してきて、庭に面した座敷に腹ばいになり、北村家の飼い猫を小脇にかかえて読んだ。一番のお気に入りは全集第一巻の『吾輩は猫である』だった。美しい従姉たちが「やっちゃんが猫抱いて『吾輩は猫』読んでる」と、くすくす笑っていた。この時にはもう北村家の長男の戦死が一家に告げられていた筈である。

小学生にはむずかしかったが、それだけに読み返すたび新たな発見があり、くり返して読む愉《たの》しさがあった。アンドレア・デル・サルトなどの固有名詞や、天璋院様の御祐筆の妹の御嫁に行った先きの御っかさんの……などの名フレーズも記憶してしまった。

なんといっても面白かったのは、大人たちの高踏的な会話である。ははあ、知的な大人たちというのはこんな話し方をするものであるかと思い、そのいい加減さや出鱈目さも含めて憧れに近い感情を抱いたものだ。後年、漱石の弟子と称する人たちの多さも、きっとこんな漱石との会話に引きつけられたせいではなかったかとも思ったものだった。

そしてこの本ほど、ぼくが長期間にわたって読み続けた本もなかった。父はすでに天王寺動物園の園長にまでなっていたのだが、所詮は地方公務員であり、当時は食糧事情が悪かったので、食べ盛りの男の子を四人もかかえて食べ物に困窮していた父は、この研究所の空地を借りて芋《いも》を作っていた。ぼくはいつも父について行き、それは中学生になるまで続き、そのたびに『吾輩は猫』を読んだのだった。

漱石の文章は読む者に影響を与える。特にこの『猫』と『坊っちゃん』の断定的な語り口は、同時代の読者にずいぶん影響を与えたらしく、全集を全巻読んだと思える父の文章も漱石そっくりだった。

『猫』と『坊っちゃん』を読んだぼくは、次に『三四郎』や『虞美人草』にも手を出したが、これは面白くなかった。今でもそうなのだが、恋愛がからんでくるととたんに面白くなくなる。途中で投げ出さなかったのは心理的社会主義リアリズムとして今のぼくがわりと高く評価している『坑夫』くらいのものであろうか。落語的な語り口でユーモアがちりばめられていたから、なんとか読めたのだろうと思っている。しかし数年後、漱石全集全巻を読破したぼくは、高校演劇部の部長をしていた時に『虞美人草』を劇化して後輩たちに演じさせているから、その時にはもう、漱石の世界をなんとか理解できる年齢に達していたのかもしれない。

メリメ「マテオ・ファルコーネ」

所収の岩波文庫『エトルリヤの壺』（杉捷夫《としお》訳）は古書で。集英社ギャラリー『世界の文学7　フランスⅡ』にも収録。

松山家の応接室には、父が購読した鈴木三重吉主宰の雑誌「赤い鳥」が全巻積みあげてあり、ぼくはこれを暇にあかせて二、三巻ずつ持ち出しては読んでいった。この児童文学雑誌は、三重吉が政府主導の国語教育に異を唱え、児童の感性を高める運動の一環として大正七年に創刊し、一流の文学者や詩人たちの寄稿を得、途中二年ほどの休刊を経て、昭和十一年の三重吉の死まで刊行されたものだった。

ぼくのお気に入りは昭和十年から十一年にかけて連載されていた岡愛子「私のピーターパン」だった。原作にはないキャラクターやドメスティックな会話がなんとも可愛くてモダンだったから、作者は著名な英文学者か何かであろうと想像していたのだが、ずっと後年、やはりこの作品が好きで、ぼくと同じような想像をしていた作家の阪田寛夫《ひろお》が、作者を探してついに訊ねあてた結果、七十数年前、当時十五歳の女学生だった岡愛子が書いたものであると判明、この話を雑誌で読んだぼくも驚いた。この文章は講談社から出た阪田寛夫の著書『ピーター・パン探し』に再録されている。また岡愛子『私のピーターパン』はその後、読みやすくした改訂版がアムリタ書房から出た。

「赤い鳥」を読み進めていくうち、ついに衝撃的な短篇に出くわした。メリメの「マテオ・ファルコーネ」である。久米正雄が翻案していて、江戸時代の飛驒に舞台を移し、表題は「うそ」になっていた。

コルシカ島を舞台にした原作の内容は以下の通りである。羊飼いのマテオ・ファルコーネの十歳ほどになる息子が、両親の留守中に、軍隊に追われている男をかくまってやる。ところがそのあと、やってきた准尉に男の居場所を教えてしまう。褒美の銀時計が欲しかったのだ。家に戻ったマテオは、裏切者の息子を外につれ出し、祈りを唱えさせ、泣いている息子を銃で射殺してしまう。

「あなた。あの子に何をしたの」と叫ぶ母親に、マテオは「裁きをつけたんだ」と答える。「裁きをつけた」というのが凄いではないか。ぼくはふるえあがった。もしこんな父親の息子だったら、自分などいくつ命があっても足りはしない。

『カルメン』『コロンバ』で有名なプロスペル・メリメはフランスの作家だが、あちこち旅行していて、イタリアやスペインを舞台にした作品が多い。十九世紀のコルシカでの話としてのち、三重吉自身の翻訳に出所が記されていたこの物凄い作品と主人公の名前を記憶していたぼくは、どうしても原典に当りたくなって、後年、岩波文庫の『エトルリヤの壺』というメリメの短篇集の中に収録されていることを知り、再読した。

当時五歳くらいになっていた息子の伸輔にこの話をしてやると、相当ショックを受けていたらしく、以後、伸輔が何か悪いことをするたびに、低くした声をふるわせて「マテオ・ファルコーネ」と言ってやると、わあと叫んで逃げ出したものである。

手塚治虫『ロスト・ワールド（前世紀）』

一九四八年、不二書房から刊行。現在は小学館、講談社から一冊本で。別に「私家版」もある。

農家の子の、住宅地の子に対する迫害はますますひどくなり、ぼくの成績はどんどん悪くなった。父はとうとう、僕を大阪市内の中大江小学校に転校させた。六年生の時だ。学校の周辺は焼野原で、校舎も一部が焼け落ちて崩れていた。まだ疎開先から帰っていない子も多く、六年は一クラスしかなかった。

阪急電車と市電を乗り継いで通ったその数ヵ月間が、わが生涯における、唯一、優等生の時代だった。全科目が優になり、不得手な体操まで優になった。谷脇先生という担任が優秀な先生だったからでもあろう。

このクラスに誰かが『新寳島《しんたからじま》』という新しく出たばかりの漫画を持ち込んだ。皆が夢中になり、奪いあって読んだ。なんと新鮮な漫画であったことか。それは日本の漫画の革命といってもよかった。原作と構成が酒井七馬《しちま》になっているが、子供たちの心には作画の手塚治虫という名が焼きついた。育英出版という大阪の出版社から出たこの本は四十万部も売れ、近年の古書市場では一時、三百万円の高値がついたという。

手塚治虫はその後、『地底国の怪人』『魔法屋敷』『森の四剣士』『大空魔王』『月世界紳士』を矢継ぎ早に書き、いずれも不二書房から出たこれらもまたよく売れた。ぼくもすべて読んだが、特に買わなくても友人の誰かが持っていた。しかし早くから予告されていた『ロスト・ワールド』は、それまでのものとは違う本格的な作品であることを予感させ、くり返される予告によって作者の意気込みも感じられ、発売を待ちかねて「『ロスト・ワールド』早く出ないかなあ」というのが弟たちとくり返すことばであったことを思い出す。

『新寶島』の翌年、『ロスト・ワールド（前世紀）』は地球編・宇宙編の前後編二冊になって発売された。映画的な手法、アメリカ映画のようなコメディ・リリーフ、スタア・システムによる多彩なキャラクター、そして何よりもこれは日本初の本格的なSF漫画であった。子供にとってショッキングなエピソードもいくつかあった。この本で有名になった悪役のランプが、食糧のなくなった宇宙船で、植物人間の美しいもみじさんを食べてしまうなどの残酷なシーンもあった。このもみじさんと同じ人型から作られたあやめさんも、最後は恐竜に食べられそうになって半裸の姿になってしまう。ずいぶんエロチックだった。

そのあやめさんが手塚漫画の大スタア・ケン一少年演じる敷島博士とふたり、ママンゴ星に取り残され、ぼくたちは兄妹になろうと誓いあう場面だって、実はそのあと、結婚して動物と植物の混血を生むであろうことが暗示されるのである。その他の漫画にもエロチックな描写があり、ぼくは今でも、手塚治虫によって一種の性教育を施されたと思っている。

その手塚治虫、いや、手塚さんと、後年親しくおつきあいし、眉村卓《たく》と三人、心斎橋をぶらついたり、喫茶店で長時間SFについて語りあったりすることになるなど、この時のぼくはまだ夢にも思っていない。

マン『ブッデンブロオク一家』

成瀬訳は品切れ。改版した望月市恵訳『ブッデンブローク家の人びと』は岩波文庫で。

中大江小学校時代、大阪市の知能テストを受けた結果、市内小学校の六年生でＩＱ１４０以上の子を集めた特別教室というクラスに入れられた。一週間に一度、中大江小学校に集められ、代数、英語、「もののあわれ」「わび・さび」などの国語教育を受けた。この子たち約四十人と共に、そのまま東第一中学校へ進学し、ぼくはまたしても阪急電車、市電を乗り継いで、天満《てんま》橋《ばし》にあるこの中学校へ通学することになったのだった。

相変わらず千里山のお爺ちゃんの家の二階での間借生活だったが、ここへ満州からお爺ちゃんの親戚が引揚げてきて、家は十人を超す大家族になってしまい、ぼくの両親とお爺ちゃんの仲は「出て行け」「出て行かぬ」で次第に険悪になっていった。

そんな時でもぼくは世界文学全集を、二階のひと間の蒲団の中で読み耽った。すでに何冊も読み進めていた世界文学全集だが、成瀬無極訳のトオマス・マン『ブッデンブロオク一家』を読んだ時の感動だけは忘れない。これは昭和七年の二月に一巻が出て、八月に二巻が出ている。二巻の後半には、トオマスの兄のハインリッヒ・マン『歎きの天使』が収録されていた。

『ブッデンブロオク一家』は、トオマスがリューベックの富裕な商家だった自身の一族の歴史をモデルにして書いた作品で、小説のブッデンブロオクもやはりリューベックの豪商の一族。その繁栄と、ドイツ・ブルジョワジイの崩壊とともに没落していく姿を描いている。これをあまり平静な気分で読めなかったというのは、ぼくの家も北堀江にある大きな藍問屋でありながら、父の長兄にあたる泉屋五世・嘉兵衛や次兄・嘉明の放蕩《ほうとう》によって没落してしまっていたからだ。読むにつれ、マンの人物描写のみごとさに伴って親戚の誰それの顔が浮かび、一家の浮沈に一喜一憂し、ブルジョワ家庭のだらしない蕩尽にはらはらしたものだ。登場人物のそれぞれが自分の病気のことを述べ立てる描写など、鬼気迫るものがあった。

没落するにつれ、芸術志向の家族も何人か登場する。ブルジョワと芸術の関係をこんなにみごとに描いた作品はない。特にラスト近くになって登場する、病弱で生活能力皆無のハノオという少年が、ひたすらグランドピアノに向かって頭の中の管弦楽を弾き続ける描写は圧巻である。この演奏を誰かが聴いていて、その天才ぶりに驚嘆して世間に迎え入れ、彼の盛名があがり、一族の繁栄が蘇《よみがえ》るのではないかという期待を抱かせるのだが、そうはならないのである。このハノオの夭折《ようせつ》によって、一家は完全に終焉《しゅうえん》を迎えるのだ。

マン自身、この小説を書き始めたのが二十二歳の時であったと知ってぼくは驚いた。ぼくもこんな早熟の天才になれるだろうかと思ったりもした。そして、後年聞かされた文壇での定説は、ぼくを充分に納得させた。

「いい作家が出る条件は、いい家柄に生まれ、その家に沢山の本があり、その家が没落することである」

改造社版は古書で。『スカラムーシュ』として創元推理文庫など。

サバチニ『スカラムッシュ』

父と松山のお爺ちゃんとはついに決裂、松山家の百坪ほどの庭に父は家を建てることにした。もともとこの庭は母方の祖父の持ち物だったからだ。新しい家が建つのでぼくは嬉しかった。まだ未完成のその家に蒲団を持ち込んで寝たこともあった。涼しく、木の香りがしていい気持だった。

家が完成すると、ぼくには二階の一部屋が充てられた。二階には世界文学全集や漱石全集以外にも、それまでぼくが知らなかった父の蔵書が北村家の倉庫から運びこまれてきた。その中に、文庫版ほどの大きさのハードカバーで、ハガード『洞窟の女王・ソロモン王の寶窟』とサバチニ『スカラムッシュ』があった。今調べたところでは、これは改造社の世界大衆文學全集の中の二冊で、もとは綺麗な泰西名画風の絵のカバーがかかっていたのだが、それはなくなっていた。ハガードは、すでにアルス社の日本児童文庫で読んでいた。この二冊ずつ函に収められたハードカバーのシリーズは、わが家に全巻揃っていたものの、何しろ『西遊記・水滸傳物語』という乱暴な巻があるかと思えば、このハガードの「寶窟探検記」は他の何作品かと一緒に『西洋冒険小説集』というタイトルの一巻になっているという、ひどい抄訳ばかりのシリーズだったから、よほど読む本がない限りは手を出さなかった。そして「寶窟探検記」はまったく面白くなく、原典ならば面白いかと思って読んだ平林初之輔《はつのすけ》訳の『洞窟の女王・ソロモン王の寶窟』も、実は面白くなかったのである。

冒険小説は最も古い小説ジャンルであり、特に宝探しときては、そこに何らかの文学性を見出そうとする方が無理だ。ハガード・ファンには申し訳ないが、これ以後ぼくはハガードには否定的になる。これに反して小田律訳のラファエル・サバチニ『スカラムッシュ』は途轍《とてつ》もなく面白かった。何しろ主人公が口の達者な、芝居気たっぷりの冗談好きときている。当時のわが身と重ね合わせればたちまち感情移入できる人物である。フランス革命を背景にしていて波瀾万丈、ぼくの好きな復讐譚でもあった。

小説の舞台はフランスだが、サバチニはイタリア生まれでイギリスの作家。デュマの再来と言われたこともうなずける。エロール・フリン主演の痛快な海賊映画「シー・ホーク」や「海賊ブラッド」の原作者でもある。そういえばエロール・フリンがああした冒険映画で見せるキャラクターは主人公アンドレとそっくりなのだが、なぜかこれだけは映画にしていない。内容が高度でストーリイが複雑過ぎたからだろうか。

弁舌の才が災いして故郷を追われた主人公は、旅回りの一座に加わり、スカラムッシュというキャラクターで人気を博する。即興性の強いイタリア喜劇の劇団だから、弁舌の才がここでも生かされ、その科白《せりふ》で観客の心を自由自在に操ることができるのだ。役者志向のあったぼくが夢中になって読んだのもそのせいだったろう。

ウェルズ『宇宙戦争』

角川文庫、創元ＳＦ文庫、ハヤカワ文庫ＳＦ、偕成社文庫、講談社青い鳥文庫などが出ている。

東第一中学でぼくは演劇部に入った。顧問は国語の佐治先生という年配の女性で、この人はぼくのことを「文化的な雰囲気を身につけている」と言ってずいぶん高く買ってくれたのだが、そのくせ文化祭でやった樋口一葉原作の「たけくらべ」では横町組の長吉などという乱暴な子の役を演《や》らされたのだった。他の子に比べ大柄だったので、「手をつなぐ子ら」の先生役もやっている。

国語の先生たちの職員室は新聞部の部室にもなっていて、ぼくは学校新聞に漫画を描いていたから尚さらここによく出入りした。その部屋には書棚が置かれ、図書室にもなっていて、そこに並んでいた世界文学全集の一巻の中にＨ・Ｇ・ウェルズ『宇宙戦争』が収録されていた。今となっては出版社も翻訳者もわからない。黄色いハードカバーの大判の全集で、三段組みだったと記憶している。

ぼくはここで、はからずもジュール・ヴェルヌと並ぶ二大ＳＦの祖の作品に巡りあったわけだが、むろんこれはぼくを夢中にさせた。内容は「スター・ウォーズ」のようにほんとに宇宙で戦争をするわけではなく、今で言うなら侵略ものであり、単に火星人が地球に攻めてくるというだけの話だが、主人公が科学者でもなければ新聞記者でもなく、ただの市井の一個人であるというのが猛烈な迫力を生み、妻と一緒に逃げまどうリアリティや、ロンドン市街の描写などというものは、少年少女向きにリライトされた本ではまず味わうことのできない筈のものだった。

思えばこれは初めて読んだ本格的SFだったので、その意表を突く結末に、こういう作品にはあっと驚く結末が必要なのだと思い込み、それはずいぶんあとまで尾を引いた。のちに多くのSFを読み、これが間違いと悟ったが、日本SF黎明《れいめい》期の最初に現れたのがショート・ショートの星新一だったせいで、同じような思い込みをしている読者がずいぶん多かった。「この作品にはオチがない」と難癖をつける読者もいたのだ。

『宇宙戦争』から学んだことと言えば、非現実的な内容の話ほど、リアルな描写が必要なのだということ。まだ自然主義リアリズムという言葉は知らず、実は必ずしもそうとは言えなかったのだが、作家になってからもしばらくはそう考えていた。だからと言って当時、いずれは自分も小説を書こうなどと思っていたわけではなく、まして

SF作家になるなどとは夢にも思っていない。このころはひたすら役者になりたかったのである。

H・G・ウェルズの作品はわが家の世界文学全集の一巻が『トーノ・バンゲイ』で、『宇宙戦争』よりも先に読んでいたのだが、これは当時のぼくには面白くなかった。いんちき強精剤で大富豪になる男の話であり、SFではなく社会小説だった。SFとしての代表作『タイム・マシン』や『透明人間』を読むのはずっとあとになってからである。J・ヴェルヌがらみでは、大阪市内の芸達者の中学生を集めた「仔熊座」という児童劇団の「十五少年漂流記」に出演したが、『海底二万リーグ』を読むのもまだこの数年後である。

「銀河鉄道の夜」などと併録でPHP文庫、集英社文庫、宝島社文庫など。岩波文庫、新潮文庫、ちくま日本文学００３でも。

宮沢賢治『風の又三郎』

「風の又三郎」という映画の新聞広告を見たのは五歳のころだ。タイトルを見て面白そうだなとは思ったものの、どうやら子供が主役らしい。片山明彦という子役の名前もその時初めて知ったのだが、生意気にも、子供向けの映画なら面白い筈がないだろうなどと思っていたし、見る機会もなかった。これは昭和十五年に日活で島耕二監督が撮った映画だった。

次に片山明彦の名前を見たのは、千里山のお爺ちゃんの家から千里第二小学校へ通っている時だ。千里山から阪急電車で四駅めの吹田にある吹田館という二流館に「路傍の石」という映画がかかっていて、それに主演していることを知り、見に行ったのだった。文芸映画だというので、この時はいつも一緒に時代劇や喜劇映画を見に行く山田君は誘わず、一人ででかけた。映画よりもむしろ片山明彦というのはどんな子役かを確かめに行ったのである。この頃にはもう役者志向があり、自分と同じくらいの年齢の子役に敵愾心《てきがいしん》のようなものを持っていた。

この「路傍の石」、実は「風又」より二年も前に同じ日活で田坂具隆《ともたか》監督が撮った映画だったが、戦後上映する映画がないのでリバイバル上映されていたのだ。そんなこととは知らず、片山明彦の演技を「これなら子役としてフツーの演技じゃないか」などと思ったものだが、競争心を抱くまでもなく、現実にはこの時すでに彼は子役としての年齢をとっくに過ぎていたのだ。山本有三の原作であるだけに映画そのものは面白く、心に残った。瀧花《たきはな》久子の母親が美しく、たまに家に帰ってくる父親の山本禮《れい》三郎《ざぶろう》が無気味で怖かった。

「風又」がどんな物語かと、気になってはいた。やっと読んだのは東第一中学の図書室で見つけた二年の時だった。鉱山技師の父親について農村の小学校へ転校してきた三郎が皆から風の又三郎だと思われるなど、やたらに格好よく書かれていて、この役なら演りたいと思ったものの、残念ながらもう小学生を演じる年齢を超えていた。宮沢賢治の名は知っていたものの、ぼくの嫌いな童話の作家だと思っていたので、他の作品もそれまで読んでいなかったのである。

三郎を取り巻く農家の子供たちの描きかたには、自分がさんざ虐められたことを思い出して、百姓の子供たちがこんなに純真で、都会から来た子とこれほど親しくするわけがないという反撥《はんぱつ》があった。しかし読み進むうちに、もしかして一郎や嘉助の三郎に対する感情は、農家の子の、都会の子に対する憧れとか同性愛とかいったものではないのかと思いはじめた。「風又」がらみで読んだ「注文の多い料理店」その他の作品にも、なんとなく同性愛的なエロティシズムが感じられたし、解説を読めば賢治自身も結婚していないではないか。あっ、そういえばあの佐井寺の子たちがおれたち都会から疎開してきた子を虐めたのも、もしかして同性愛の裏返しではなかったのか、などと幼稚に分析したりしたものだが、これが正しかったかどうかは今でもわからない。

バイコフ『牝虎』

上脇《かみわき》進訳。一九四三年、満洲（現中国東北部）と日本で出版。後に中公文庫にも。入手は古書で。

動物学者だった父は、動物文学にも興味を持っていて、家には平岩米吉《よねきち》が編集する雑誌「動物文学」も全巻揃っていた。しかしぼくは動物文学にどうしても興味が持てず、この雑誌も二、三巻読んでやめてしまったし、世界文学全集に収録されていたジャック・ロンドンの『白い牙』も読んだが、犬の血が四分の一混った狼と人間との交情という、いわば動物美談といった趣の話であり、のちに読んだロンドンの代表作とされる『荒野の呼び声』にいたっては主人公がセントバーナードとシェパードの雑種であり、内容もその後に書かれた『白い牙』と同工異曲に思えた。犬は最も人間が感情移入しやすい獣だが、それにしても擬人化し過ぎではないのか、獣の野性というのは人間のことばでは表現できないものではないのかという思いが強くあったからだ。

家には、戦争まっただ中の昭和十八年、満洲日日新聞社の東京支社という変なところから出たニコライ・バイコフの『牝虎』があった。この人の代表作は『偉大なる王《ワン》』ということになっているので、のちにそれも読んだが、これも虎と人間の世界を対照して描いていて、例によって「野獣の心理など人間には想像もつかぬ筈だから、描けてたまるものか」という、猛獣に対する理想みたいなものがあり、ロンドンの作品同様ある程度の感動はあったものの、納得はできなかった。これに比べると『牝虎』は主人公たちが人間であり、牝の虎は登場するものの、タイトルの「牝虎」はむしろ女主人公のことで、だからこれは動物文学ではなくて普通の小説だった。

なぜ感動したのだろう。たしかに女主人公のナスターシャは、虎に襲われて肋骨を二本も折りながら、瀕死の夫をかかえて深い雪の山道を何キロも歩いたり、夫を殺した牝虎の仔に自分の乳を飲ませて育てたりする女傑であり、男の裏切りを許さず飼い馴らすこともできない気性の激しい女性である。しかしむしろそれよりは、彼女に魅《ひ》かれながらも身を引き、荒野に行方知れずとなる狩猟家のバボーシンの生き方に対する感動の方が大きかったようだ。この男はインテリである語り手の眼からすれば無教養だが、匪賊《ひぞく》たちからも尊敬されているくらいの豪傑である。この男の頭脳と肉体はほとんど野獣といっていいほどのものであり、この男こそは大自然の中で生きている人間の象徴でもあろう。

ロンドンにしろバイコフにしろ、自然を描写するその文章はすばらしい。自然主義リアリズムがもっとも不自然でないのは動物文学ではないかと思えるほどである。バイコフは帝政ロシアの歩兵大佐で、満洲の自然調査に従事した人だからその自然への造詣《ぞうけい》も頷かせる。そして『牝虎』では、動物文学である前作を踏襲せず、文学として一段高いものを目ざしたのではなかっただろうか。

ずっとあと、作家生活を始めてからのことだが、西村寿行《じゅこう》がハードボイルドタッチで動物文学を書きはじめた時にはおやおやと思い、なるほどこういう手もあったかとずいぶん感心したものだ。

アプトン・シンクレア
『人われを大工と呼ぶ』

一九三〇年刊の新潮社世界文学全集第二期8に収録（谷譲次訳）。古書または図書館で。

新潮社の世界文学全集を次つぎと読み進めていくうち、ついにこの『人われを大工と呼ぶ』にめぐり逢い、ぼくはその面白さに驚嘆した。最高のユーモア小説、良質の諷刺《ふうし》文学ではないか。だがのちに英米文学者・中田幸子《なかださちこ》の評論『父祖たちの神々』を読んだところでは、大正から昭和初期にかけて、実はこのアプトン・シンクレアはアメリカでも日本でも、ジャック・ロンドンと並ぶ代表的な社会主義の作家とされていたのだった。しかしぼくにとっては今でも、ロンドンはあくまで動物文学の作家、シンクレアは諷刺文学の作家なのである。

『人われを大工と呼ぶ』というタイトルはむろん、キリストを意味している。そのキリストが教会のステンドグラスから抜け出し、禁酒法時代のハリウッドへ降臨してさまざまな騒動を巻き起こすというとんでもない話。これを訳しているのがなんと谷譲次。あの『丹下左膳』を林不忘《はやしふぼう》という別のペンネームで書いた作家である。中田幸子も、翻訳者を通したキリストと丹下左膳という二大キャラクターの共存を面白がっている。

時は未曾有の経済恐慌と第一次世界大戦のあとの失業苦と階級対立の時代、ストや暴動の頻発、尖鋭化した左翼運動への弾圧、その一方で繁栄を誇る映画産業、そんな街を大工《カアペンタア》と名乗るキリストがあの格好で歩きまわり説教をするのだから、大騒ぎにならぬわけはない。銀幕の女王と言われている大女優に向かって「婦《おんな》よ爾《なんじ》鼻環《はなわ》を除く凡《すべて》の装具《かざり》を著《つけ》たり」と言ったり、レストランに案内されると、あらゆる料理を注文した上、「そんなに注文してどうしようてんですと問われて「夫《そ》は市上《まち》に攜往《たずさえゆ》き食無くして飢《うゆ》る群衆《ひとびと》に付《わか》ち予《あたえ》んが為なり」と言ったり、すべてその調子だからつきあう方も大変である。

この話が聖書のパロディになっていることは、聖母園時代から聖書に親しんでいたのですぐに察知できた。いろんなエピソードが現代に移され、十二使徒その他もそれぞれに相当する人物が登場する。さらには「レディス・ホウム・ジャアナル」誌に連載されたこの小説、発表当時は冒瀆的《ぼうとくてき》だというので教会から非難され、非読運動まで起きたことからもわかるように、教会批判の小説でもあった。なにしろ最後は、共産主義者の親玉だと思われたキリストが帰還兵たちを中心とする群衆から追いまわされ、あの白い着物の裾《すそ》を腰までまくりあげて細い毛脛《けずね》を見せ、走って逃げるのだから瀆神もはなはだしい。

こんな面白い小説がなぜ今、絶版のままになっていて読まれないのかと、以前から不満だった。自分で新たに翻訳しようかと考えて原書も入手した。しかしこれはあきらめた。谷譲次のすばらしい翻訳のほとんどを踏襲する結果になるからだ。もし版元の許可と要請さえあれば、もっと読みやすい文章に監修しなおす気持は持ち続けているのだが。

この作品に影響を受けたぼくは、作家になってから『ジーザス・クライスト・トリックスター』という戯曲を書き、自身主役を演じてもいる。

イプセン『ペール・ギュント』

原千代海《ちよみ》訳が『イプセン戯曲全集』第2巻（未來社）所収。毛利三彌《みつや》訳が論創社から。グリーグ作組曲のCDも豊富に出ている。

わが家の二階には、近代社から出た世界童話大系が全巻揃っていた。大判函入りで天金という豪華な本だった。その中の第十九巻・Sというのが童話劇篇の一であり、楠山正雄の訳でイプセンの「ペール・ギュント」が、小山内《おさない》薫訳のストリンドベルヒ「アブカゼムの靴」などと共に収録されていた。

実はわが家には他にも、同じ近代社の古典劇大系、近代劇大系が全巻揃っていた。しかし近代劇大系の北欧篇にも「ペール・ギュント」は入っていず、新潮社の世界文学全集『イプセン集』にも入っていなかった。読みたい本が手に入らないこの時代に、ただこの童話大系だけで読めたのだから、僥倖《ぎょうこう》だったと言えるかもしれない。

そしてこの世界童話大系、弟たちが大きくなってきて二階に勉強机を置くようになり、書物のため部屋が手狭になってきたある日、突然消えていた。世界童話大系だけでなく、日本児童文庫も「赤い鳥」も「動物文学」も消えていた。古書が高価な時代だったから、父親が生活費の足しにするため売ってしまったのだったろうか。だがこのことを父に確かめたことは一度もない。

「ペール・ギュント」は童話劇などというものではなかった。みごとな詩劇だった。すでに「人形の家」「幽霊」などは読んでいたが、主人公に感情移入しやすかったその頃のぼくにとって、他の戯曲の主人公と違い、ペール・ギュントは実に魅力的な人物だった。女たらしでいい加減で野放図で楽天家で、自分の嘘《うそ》に酔い、歳をとれば奴隷売買で儲《もう》け、自己正当化に走り、仲間や情婦のアニトラに裏切られ、老いてもまだ悔いあらためることがないという、役者としては実に演じ甲斐《がい》のある人物だ。母親のオーセを空想話に酔わせたままで死なせてしまう第三幕は秀逸だし、彼を半世紀も待ち続けた妻ソルヴェイグのもとへ老いて戻ったペールが、その膝《ひざ》で死んでいくラストもすばらしい。

面白かったのは第五幕の中ほどの「そのことなら心配ご無用、——人は第五幕の真中で死んだりはしませんよ」という科白である。「人」というのは主役という意味で、当時なら楽屋落ちというところだったろうが、今で言うならメタフィクションなのであり、ぼくのメタフィクション好きはここから始まったのかもしれない。他にも魅力的な科白がいっぱいで、ぼくはこの役を切実に演じたいと思い、その後もいつかは演じようと思い続けていたのだったが、ああ、もはやペール・ギュントを演じられる歳ではなくなってしまった。

イプセンはグリーグに伴奏音楽の作曲を依頼している。この組曲を初めて聞いたのは高校の放送部室でだったが、「オーセの死」「ソルヴェイグの歌」「アニトラの踊り」など名曲揃いで、特に「朝」にはいつもうっとりとしてしまう。もうペールを演じることはできないものの、この組曲の演奏と一緒に朗読することならまだ可能であり、いつかそんな機会があれば、自身で台詞を書き、オーケストラと共演したいものだという夢を、実はまだ捨てていない。

新潮社の世界文学全集は一九三〇年刊。戦後、永田寛定《ひろさだ》が改訳し『われらの海』上・下として五五年、岩波文庫に。現在は品切れ中。

イバーニェス『地中海』

多くの全集を処分した父だったが、有難かったのは、世界文学全集、古典劇大系、近代劇大系、漱石全集など、ぼくが読み続けていたものを残しておいてくれたことだ。いずれの全集にもまだ読んでいない巻がたくさん残っていたのである。父はぼくが何に興味を持ち、何を読んでいるか知っていたのだと思うが、これも父が他界するまでとうとう訊かずじまいだった。

世界文学全集にはブラスコ・イバーニェスの『地中海』があった。日本でもすでに上映されていたタイロン・パワー主演「血と砂」の原作者でもあるイバーニェスの最高傑作と言われた作品で、「初恋は、さる皇后様だった。時に、ウリセス十歳、皇后様六百歳」という突拍子もない書き出しのこのロマンは、後半、確かに「血と砂」でリタ・ヘイワースが演じたような、男を不幸にする女との恋愛物語になるのだが、全篇を通じて地中海讃歌の詩になっている。地中海沿岸各都市の歴史や港湾の風景、特に海洋の描写はすばらしく、魚類の説明などはさすがに衒学的《げんがくてき》過ぎてやや辟易《へきえき》するもののの、その知識の凄さには圧倒される。永田寛定の訳文もまた、海の男である主人公ウリセス・フェラグートの生涯を謳いあげるにふさわしい詩的なものだ。

イバーニェスはスペインの作家で、闘牛士のことを書いた『血と砂』に代表される、スペイン人の民族性を描いた作品が多い。『地中海』の主人公もまた熱血漢で情熱的だ。折しも第一次世界大戦が勃発、スペインは中立国だったので、ドイツのスパイたちは腕のいいフェラグート船長に目をつける。女スパイのフレーヤに命じて彼を誑《たら》し込ませ、ドイツ潜水艦に燃料を運ばせるのである。案の定フェラグートはフレーヤに夢中になる。ここから悲劇が始まるのだ。

原題は「マーレ・ノストルム（われらの海）」だが、「地中海」の意味でもあり、主人公が持つ船もこう名づけられている。この乗組員で主人公の昔なじみの副船長トーニや、やはり船長の古なじみで賄方《まかないかた》の「まひ〱つぶろ爺《とつ》つあん」らがすばらしいキャラクターだ。特に爺つあんの作る地中海料理たるや、今で言えばパエリアとかリゾットとかいった米料理なのであろうが、その旨そうなこと、まだ食糧事情が悪かった当時のことだから読んでいてたまらなくなった記憶がある。母なる海の女神アンフィトリータの名を頭の中に呼ばわりつつウリセス・フェラグートが海底に沈んで行くラストはすばらしい。少年時代から詩は好きでなかったのだが、長篇小説でも一篇の叙情詩が書けるということを知った最初だったろうか。

学校をサボって映画を見に行き、家では小説ばかり読むという生活だったから、ぼくの成績はどんどん悪くなり、卒業間近の頃はひどいものだった。それでもなんとか、大阪府立春日丘高校へ進学することができた。だが高校へ入って少しは勉強に身を入れたかというとちっともそんなことはなく、あいかわらず読書三昧の生活が続くのである。

第二章　演劇青年時代

一九五〇年〜

アルツィバーシェフ『サアニン』

中村白葉《はくよう》訳の岩波文庫『サーニン』上・下が出ている。中島清訳で新潮文庫にもなったが絶版。古書か図書館で。

大正八年に新潮社から出た中島清訳のアルツィバーシェフ『サアニン』がわが家にあった。小型で函入りの分厚い本だ。

主人公サアニンは極端な合理的個人主義者で、人生とは自分の欲望を自然のまま満たすことに他ならず、それ以外はすべて偽りであるという考えを持っている。自然に反する不快なことは徹底的に避け、殴《なぐ》られそうになる前に相手を殴り倒すのもそのためで、美しい女性なら相手に恋人がいようが誘惑して情交する、といった按配《あんばい》である。殴られた相手が名誉の失墜を苦にして自殺しても、恋人のいる女性がいかに悩んでも、それは無意味な、馬鹿げたことなのである。

対照的に、ユリイという軟弱な、考えの定まらない、悩んでばかりいるインテリが登場し、これは最後にはピストルで自分の胸を撃ったのち「医者を、医者を早く」と叫ぶような青年として揶揄《やゆ》的に扱われている。そのユリイの葬式に出たサアニンが自らの考えを隠そうとせず、死者を「馬鹿だ」と言ったために列席者みんなから反感を買い、せっかく戻ってきた故郷の町にすっかり愛想をつかしてまた汽車で出て行く。ラスト、汽車の中の百姓の愚痴や夫婦の喧嘩などにほとほと嫌気がさし、荷物も持たずに汽車を降りたサアニンは、周囲に拡がるロシアの豊かな自然に歓喜の声をあげ、果てしなき草原を朝焼けの光めざして身も心も軽がると大股で歩んでいく。たいていの読者は、ぼくも含めてだが、ここですっかり感動してしまい、多くの青年が夢中になるのである。出版された当時は若い知識階級からバイブルのように読まれ、サアニズムという思想が流行して多くの模倣者を出し、当局が第二版以後を絶版にしたほど異常な成功を収めた小説だった。

考えてみればこのサアニン、結局は社会に負けたということになるのだが、それでも主人公の個性の魅力と、強烈な表現による確固たる思想は、自由恋愛を擁護しようとする多くの青年を魅了した。文学的には自然を謳《うた》い上げる優れた描写がテーマを際立たせ、この作品の古典的価値を高めている。

『サアニン』で味をしめたぼくは、まだ読んでいなかった新潮文学全集の米川《よねかわ》正夫訳『最後の一線』に手をつけた。『サアニン』を先に読んだのは正解で、これはアルツィバーシェフの処女長篇、『最後の一線』は短篇や戯曲を含めた彼の作品の集大成とでも言うべき第二長篇だった。その途轍《とてつ》もない内容がぼくを驚かせた。決してその思想にかぶれたのではなく、突拍子のなさがぼくを、のちにSF関係の誰それから「びっくりおじさん」の異名を頂戴することになるエンターテイナーへの道に導かせるのだ。

「最後の一線」とは死線のことである。なにしろ死に方の中でいちばん自然なのは自殺であり、人類の滅亡が理想だという男が登場し、その感化を受けて主要人物のほとんどが自殺してしまうのだから、まあ、これほど不健康な小説はちょっとないだろう。この二作からぼくが受けた影響は計り知れない。

ショーペンハウエル『随想録』

書き留めていた断片的短文を死後まとめた。岩波文庫に『自殺について 他四篇』などの短文集があるが、増富平蔵《ますとみへいぞう》訳は別のテキストで、現在は絶版。

「哲学なんか勉強すると自殺する」と言われ、親が哲学青年の息子を心配する風潮があった。実際、哲学を学んだ青年の自殺は戦後の一時期、多かった。

アルツィバーシェフを読んだぼくは、哲学に少し興味を持った。『サアニン』がニーチェの『ツァラトゥストラ』を小説化したものだと言われていたらしいことを知ったからである。家には大正十年に新潮社から出た生田長江《いくたちょうこう》訳の『ツァラトゥストラ』があった。郁文堂書店から出た独文の『ツァラトゥストラ』もあったから、父はこれらをドイツ語のテキストとして読んでいたのかもしれない。

「ツァラトゥストラは三十歳の時、其故郷と其故郷の湖とを去りて山に入りぬ」で始まる『ツァラトゥストラ』は、ぼくには面白くなかった。「なんじゃこの偉そうなおっさんは」と思ってすぐ投げ出してしまった。『サアニン』を読み返せば、サアニンもまたこの本を読みはじめたものの、すぐに退屈して読むのをやめたとあるから、これはアルツィバーシェフ自身のことであろうと思い、わが意を得たような気分になったのだった。実際、解説を読むと彼はニーチェを好まないと言っていたらしいから、ニーチェの小説化うんぬんは間違いだったということになる。

しかし『最後の一線』となると、これはもう当時流行の厭世《えんせい》主義哲学そのものである。厭世主義と来れば当然、ショーペンハウエルということになる。若者を自殺に追いやる哲学者として悪名高かったショーペンハウエルのことは知っていたし、わが家には大正二年に玄黄社から出た増富平蔵訳の『ショーペンハウエル随想録』があった。実はおそるおそる読みはじめたのだったが、随想録であるだけにこれは読みやすく、しかも面白かった。この人は徹底した女性嫌いで、自殺について書かれた部分よりも、女性について書かれているところが凄かった。「この女に子供を産んでほしいと思って近づくのでなければ、女性にかかわりあう必要はまったくない」だの「最低の男性といえども最高の女性に優る」だの、今そんなことを言ったらただではすまないような文章が次つぎと出てくる。あまり面白かったので、ぼくはこれを学校に持っていった。「筒井がショーペンハウエルを読んでいる」という噂《うわさ》が飛べば皆が驚き教師が心配するから面白いと考えたのである。案に相違して誰もショーペンハウエルを知らなかったので、ぼくはこの本の前記のくだりを、成績のいい女生徒たちに読ませた。

実はぼくの通っていた春日丘高校というのは前身が茨木高等女学校であり、男子よりも女子に優秀な子が多く、なんとなく女生徒が威張っている風潮があったのだが、成績が劣等に近いにもかかわらず、ぼくにはそんなよく出来る女の子の友人が多かったのである。本を読んだ女の子たちからぼくが総スカンを食ったのは当然のことだった。

解説ではアルツィバーシェフも、あのストリンドベルヒに劣らぬ激しい反女性主義者であったらしく、近代劇大系の一冊に含まれていた「嫉妬」という戯曲も痛烈な女性批判であり、後年、青猫座という劇団に入ったぼくはこの戯曲をレパートリイに推薦している。

新潮社の世界文学全集第二期12（一九三〇年刊）のほか、三四年に平原社から独和対訳でケラーマン著、倉田圭吉訳として出たがいずれも絶版。図書館などで。

ケッラアマン『トンネル』

春日丘高校でもぼくは演劇部に入った。しかし先輩たちがモリエール「女学者の群れ」を上演し、ぼくには役がつかなかったので、しばらく部活から遠ざかっていた。そのうち三年生が卒業したので、ふたたび参加を求められ、ぼくは森本薫「華々しき一族」に出演した。この時の演技を顧問の石井先生にえらく認められ、以後、ぼくは演劇部の中心となって活躍することになる。

世界文学全集の「トンネル」をそれまで読んでいなかったのは、訳者秦豊吉《はたとよきち》による巻頭の解説に「ケッラアマンは大衆作家なり」という小見出しがあったからだ。決して純文学しか読まないと決めていたわけではないが、この頃はすでに芸術的感動を求めるようになっていたため、なんとなく筋書きだけの面白さで読ませる作品のように思えたのである。読む気になったのは手塚治虫の「地底国の怪人」がこの『トンネル』から着想を得ているということを聞いたからだ。あの手塚治虫にヒントをあたえたほどの作品なら面白い筈と確信して読みはじめたのだが、たしかにこれは面白かった。何しろフランスのビスケイ湾岸からアメリカのニュージャージイに至る大西洋の海底にトンネルを掘ろうというのだから、のちの小松左京の作品にも匹敵する壮大な話である。

これが書かれたのちにドーヴァー海峡のトンネルは完成したが、大西洋トンネルは未だに実現していないから、現代においてもこれは堂堂たる未来SFということになる。地底大工事の描写たるや実にリアルで、のちにぼくはこの手の作品を土木SFと総称することになるのだが、その最初のものと言っていいだろう。読めば文学か大衆小説かなどの区別はどうでもよくなってしまう。たしかに主要人物を七、八人におさえたり、大事故が起ったり、それがもとで暴動になって、それに巻き込まれて主人公の妻子が殺されたり、さらには経済恐慌ありの、ビルの大火災ありの、倒産ありの裁判ありの金融界の大物の自殺ありのマスコミの大騒ぎありの、読者を喜ばせる趣向は盛り沢山ではあるが、その描写の精緻さや規模の大きさは未だに他の作家の追随を許さぬものがある。

ベルンハルト・ケッラアマンはドイツの作家で、自身ミュンヘン工科大学を卒業してもいるから、この作品の構想と実現は彼でなくてはなし得なかった筈のものだ。大西洋海底トンネルを構想する主人公マック・アランもまた建設技師で、その人物像はみごとだが、それにとどまらず他の人物、主人公の妻モオド、アランに肩入れする大資本家のロイド、その娘でアランを慕うエセエル、アランの友人で豪放磊落な技師ホッビイ、強欲な金融界の大物ウルフ、アランの片腕となるストロオム、どの人物も魅力的に造形されている。

これは何度か映画化されているが、いずれも当時の撮影技術ではトンネルの場面が真っ暗けで、何がなんだかよくわからなかったそうだ。しかしいずれにせよケッラアマン、百年近くも前に大西洋海底トンネルを掘ってしまったのだから、いやまあ、大したもんだ。

大学書林語学文庫で「熊」とともに所収（野崎韶夫《よしお》訳）。ほかに新潮文庫、角川文庫、ちくま文学の森などもあったが、現在は品切れ。

チェーホフ「結婚申込」

劣等生だったくせに、ぼくは高校で人気者になってしまった。マリヴォー「愛と偶然の戯れ」でアルルカンを演じたからである。演劇部長になって自分の好きな戯曲を選べるようになったぼくは、以前からやりたかった喜劇をやることにし、主人公の二枚目ふたりを演劇部員ではない友人のイケメン男性たちに演じさせて、自分は三枚目にまわった。思いきってピエロに近いメークをしたのだが、これが大受けで、登場するたびに拍手喝采《かっさい》の大爆笑だったのだ。

次いで地道に八木隆一郎の「湖の娘」を演じた。新国劇のレパートリイだった作品で、ぼくは辰巳柳太郎の演じた復員兵をやり、さらには顧問の石井先生を引っぱり出してきて島田正吾の演じた宿屋の亭主役をやってもらった。石井先生はなかなかの芸達者であり、ベストメンバーで演じたせいもあって、これはＰＴＡの総会で披露して絶賛を博した。

高校での最後の文化祭でぼくはほとんどの部員に、自分で脚色した漱石の「虞美人草」を演じさせ、ぼく自身は出演者三人だけで手堅くチェーホフの「結婚申込」を演じた。うちにあった近代劇大系『露西亜篇2』に米川正夫訳の戯曲が載っていたし、以前ラジオで文学座の舞台中継を聞いていたから、どう演じるべきかはわかっていた。これがまたまた大当りだった。幕があがるなりの大歓声と拍手喝采にはこちらが驚いたが、みんなぼくの演じる喜劇にそれほど期待していてくれたのかと思い、ほんとに嬉しかった。心臓の悪い男が地所争いをしている家の娘のところへプロポーズに行くという設定だけでも笑えてしまうから、幕が下りても笑声と拍手はしばらく続いていた。

人間の喜劇性を描いたチェーホフの一幕物には他に「熊」「煙草の害について」などがあり、いずれも面白い。しかし当時のぼくには彼の四大戯曲とされる「かもめ」「ワーニャ伯父さん」「三人姉妹」「桜の園」の面白さはまったくわからなかった。この頃のぼくは、のちに蜷川《にながわ》幸雄に乞われて「かもめ」のトリゴーリンを演じることになるなど夢にも思っていなかったのだが、チェーホフ戯曲は演じてみてはじめてそのよさを知るのだということがその時にやっとわかったのだった。これは「かもめ」の成功によってモスクワ芸術座を有名にし、自身トリゴーリンを演じている演出家のスタニスラフスキーも、同僚のダンチェンコから教わるまでそのよさがわからなかったというから、あながち恥かしいことではないと思う。この時の経験を生かしてぼくは、エッセイ「トリゴーリンという男」の中で「かもめ」の構造分析をしている。

ぼくが高校で「結婚申込」を演じていたのとほぼ同じ時期に、小松左京もまた大学で「熊」を演じていたことを、のちに彼から聞いて知った。主人公の「熊」と呼ばれている大男は顔一面鬚《ひげ》もじゃなのだが、小松さんはそのつけ鬚を演技のさなかに落してしまい、しかたなく「鬚なしでやります」と宣言して演技を続けたらしい。小松さんは熊にぴったりだった筈だ。

ズウデルマン『猫橋・憂愁夫人』

新潮社から世界文学全集第二期10として一九三〇年刊行。『憂愁夫人』は岩波文庫から出ている。創元文庫『猫橋』は古書で。

世界文学全集に入っていたズウデルマンの『猫橋・憂愁夫人』を、全集の他の作品ほとんどを読破していながらそれまで読んでいなかったのは、タイトルから想像してぼくの嫌いな恋愛ものであろうと決めてかかっていたからだ。ところが近代劇大系の『獨墺篇2』に入っていたこの作家の「故郷」という戯曲を藤澤古雪《こせつ》訳で読み、素敵に面白かったので、ついに手をのばしたのだ。

処女長篇のタイトルである「憂愁夫人」は案に相違してヒロインのことではなかった。主人公の超越的な自己犠牲の人生の、さまざまな場面に姿を見せる幻想的な、ドイツの伝説的存在のことだった。主人公パウルには、父親の失敗で没落した作者自身の家のこと、若くして家計を助け、苦労しなければならなかった作者自身が投影されている。勤勉さというドイツ人の民族性に訴えかけるものがあったのか、これは多くの人に読まれ、作者の地位を確立させせた。虚栄心が強くて横暴で無能力な父親にどこまでも尽《つ》くすパウルには感心するし、その運命には胸を打たれてしまう。昭和初期の日本人の心にも通じるものがあったのか、日本ではこの池谷信三郎《いけのや》の翻訳以外にも何人かが訳している。

二作目の「猫橋」は、ズウデルマンの最高傑作と言われている作品だ。「憂愁夫人」にも言えることだが、とにかく読み出すとやめられず、作者の思うがままに引っぱりまわされてしまう。構成の巧みさは文学か大衆性かを問題にさせないほどのもので、父親もこの作品にぞっこんだったらしく、しばしば「カッチェンスティッヒ」というドイツ語のタイトルを口にしていた。ドイツでは発売後に二百版を重ねたというからたいしたものだ。しかしこれだけ売れると、訳者の生田春月《しゅんげつ》も書いているように、やはり面白すぎるという批判も出てくる。後年作家になってすぐの頃、戸川昌子のお姉さんの「青い部屋」という店で、五木寛之にズウデルマンの魅力を語ったところ、彼はその席へやってきた戸川さんに「ズウデルマンが好きなんだってさ」と笑いながら言ったのだが、あの笑いにはいささかの軽蔑があったように思われてならない。

「猫橋」は主人公の身分意識、階級意識が露骨に表現され、それが変化していく経過をリアルに描いている。と同時に村八分の恐ろしさが活写されていて、主人公の孤立感にはなぜか共感するところが多く、これはぼくの作品のいくつかに影響をあたえた。

小説などにうつつを抜かしている時ではなかった。大学受験が迫ってきていたのだ。成績は最低点に近く、音楽や美術の成績がいくらよくても入試とは無関係である。ただ、当時進学適性検査と言われていた知能テストの点数だけはよく、校内の廊下に張り出された高得点者の名を見て、ぼくの成績を知っている女生徒たちが驚愕し、「あら、筒井さん」と叫んでいたのを記憶している。しかしそれだけではいい大学への入学はおぼつかない。勉強しなければならなかったのだが、どうしてもやる気にならなかったのだからしかたなかったのである。

クリスティ『そして誰もいなくなった』

清水俊二訳でハヤカワ文庫。青木久恵訳で早川書房からジュニア向けも。福田逸《はやる》訳で戯曲が新水社から。

推理小説雑誌の「宝石」は年に何度か別冊を出していて、そこでは海外推理小説の名作長篇を一冊に三篇収録していた。ぼくはそれらをすべて買って読んでいたのだが、高校三年の時に出た『別冊宝石・23』にはアガサ・クリスティの「そして誰もいなくなった」が清水俊二の訳で収録されていて、それまで読んだ推理小説のいずれとも違うその面白さにぼくは驚き、これこそがミステリーの醍醐味《だいごみ》ではないのかと思ったのだった。

孤島の別荘に招かれた十人の客が、マザーグースの「十人のインディアン」の歌詞の通りの死に方で次つぎに死んでいき、最後の一人も自殺し、そして誰もいなくなるという話である。これが実はたった一人の犯人による連続殺人だったのであり、その不可能性の種明かしも最後にあるのだが、トリックなどはもうどうでもよくなるほど、その展開の面白さにぼくは圧倒された。

推理小説の謎解きの面白さや機械的なトリックなどに、ぼくはあまり興味を持てずにいた。江戸川亂歩以来、怪奇性の豊かな、耽美的な物語に魅かれていたのだ。推理小説にもそれを期待して、たいていの作品は読んでいた。その願いはこの『そして誰も』で叶えられた。全員を殺そうとしていることが明らかな犯人が十人の中にいるらしくて、次第に残る者が少なくなっていき、生き残った全員が互いを疑心暗鬼の眼で見はじめる面白さは、他の推理小説にはないものだった。

クリスティの作品は他にも『オリエント急行の殺人』『アクロイド殺し』などがあり、いずれも単なるトリックに終らぬ凄いアイディアで、それがぼくを感心させた。特に『アクロイド殺し』の叙述トリックには驚き、後年、ついに自分でも一篇の叙述トリックを書きあげて読者を驚かせたものだが、そんな作品が書けたのも、はるか雲の上に存在するこの『アクロイド殺し』という作品に少しでも近づこうとしたからだ。

後年、作者自身によって劇化された「そして誰も」の主役ウォーグレイヴ判事を、山田和也の演出で演じることになろうとは、その頃のぼくはまだ、夢にも思っていなかった。その芝居の初日のことだ。舞台を見に来た妻と一緒に劇場から帰宅する途中、彼女はやや憤然として言った。「あなたの人生って、なんて素敵なの」

もちろんそんなことはずっとのちの話である。高校三年の時のぼくにとっては推理小説なんかよりも、目前に迫っている大学の入学試験がずっと大事であった筈だ。しかし勉強しようという気がまったく起きないのだからしかたがない。ひとつには、特に英語など、今さら勉強したって無駄だという気持があった。実際英語なんてものは一夜漬けで人並みのレベルに追いつけるわけがないのだ。そこでぼくは全体の成績を底あげしてやろうと考えた。目をつけたのがそれまで本気で勉強したことのなかった日本史。正月が過ぎてからの二週間でぼくは日本史の参考書何冊かを読破した。試験勉強と言えるようなことをぼくがしたのは実にその二週間だけだった。

フロイド『精神分析入門』

日本教文社、人文書院などから刊行。新潮文庫でも。

全国の大学入試に先がけて、同志社大学の試験は一月十七日に行われた。ぼくはこれに合格した。進学適性検査と日本史が満点に近く、親の専門だったから生物学の成績がこれに次ぎ、国語は古文や文法があったので七十点くらいだった筈だ。英語のみは二百点満点だったが、なんとかでっちあげた英作文のみの点で十点くらいではなかったか。これはとても駄目だろうと思っていたのだが、意外なところから救いがあらわれた。面接のとき、なんで美学芸術学を志望したのかと聞かれ、返答に困っているうち、試験官の一人がぼくの高校の成績表を見て、「あっ。音楽と美術が満点なんだ。なるほど。それで美学芸術学を」と勝手に納得してくれたのである。

大学が始まるまでに二ヵ月以上もある。遊んでいるのは勿体《もったい》ないから、ぼくは大阪市内にある「関西演劇アカデミー」に入った。ここで演技の基礎の厳しいレッスンを受けているうち、実社会の体験なしにいろんな人物を演じることはできないと思いはじめ、人間心理を学ぶためのいい本はないものかと考えている時、日本教文社からフロイド選集のBAND・1『精神分析入門・上』が発刊されたことを知り、これを購入した。以後次つぎと発刊されるこのシリーズを買い、千里山から京都まで一時間、往復二時間の阪急電車の中は、主にこの選集の精読に費やした。

丸井清泰訳『精神分析入門・上』は面白かった。第一部が「失錯行為」であり、これは講義録であるだけにわかりやすく、第二部の「夢」で、ぼくはすっかりフロイドにかぶれてしまった。刊行予告を見ると最終巻が『夢判断』の上下巻であり、これを早く読みたくてしかたなかったのだが、これが出るまでにはずいぶん長くかかった。それまでには『精神分析入門・下』『續精神分析入門』『自我論』『性欲論』『文化論』『芸術論』『宗教論』『ヒステリー研究』など八、九冊が一ヵ月置き、二ヵ月置きに出たのである。

最初の『精神分析入門・上』のようには、後続の諸巻は一筋縄ではいかなかった。フロイドの文章は妙に文学的で、文脈が曲りくねっていて、一行を理解するのに十分かかるということもざらである。よくまあ全巻読破したものだと今になって感心する。しかしそのせいで、フロイドの眼でものを見るようになり、誰かが失敗すると「あっ。フロイド的過《あやま》ちだ」などと言い、やたらに他人の行動を分析してみせるような、すっかり「いやな奴」になってしまったのである。

その後、得意げに人の夢を分析してみせる女性に出会ったりしたのでこの人が反面教師となり、ぼくは反省した。フロイド批判がやたらに出はじめたのはずっと後のことだが、その頃になるとすでにぼくの安易な分析癖はおさまっていた。

『ユング著作集』は早くから日本教文社からの刊行が予告されていたのだがなかなか出なかった。一応出たものの、あまり広告もされなかったようで、ぼくは買っていない。河合隼雄『ユング心理学入門』を読み、その河合さんと親しくおつきあいさせていただくことになるのはさらにずっとあとのことである。

岩波文庫、新潮文庫、小学館文庫は著者による一九八五年の削除以前の形で。講談社文芸文庫は削除のうえ解説で論じている。

井伏鱒二「山椒魚」

「山椒魚は悲しんだ」

文学概論の最初の講義で、里井という教授がマイクに向かい、下品な詠歎調で朗読しはじめたのでぼくは驚いた。文学部の新入生のほとんどが受ける講義だから、何百人も入る大教室である。聞けばこの里井教授、毎年最初に大声でこれをやって新入生を驚かせることで有名なのだった。のちに本でも読んだ井伏鱒二「山椒魚」との最初の出逢いはこの朗読であった。

語り口はユーモラスで、時おり学生たちは笑っていた。この短篇にぼくは感銘を受け、文章のところどころはずっと記憶に残った。岩屋の棲家で二年間寝てしまい、からだが大きくなって出られなくなった山椒魚は、まぎれこんできた蛙を、自分の頭を入口の栓にして閉じ込めてしまい、自分と同じ状態に置くのである。激しい口論となるが、二年経ち、友情が生まれる。

「それでは、もう駄目なやうか？」

「もう駄目なやうだ。」

ここで笑ってしまうのである。

よほど暫くしてから山椒魚がたずねる。

「お前は今どういふことを考へてゐるやうなのだらうか？」

「お前は今何を考えているんだ」と言えばいいようなものだが、このもってまわった言い方がひどく文学的に感じられてぼくは感心した。後年、大江健三郎の文章にもよく見られた言いまわしである。

蛙が言う。「今でもべつにお前のことをおこつてはゐないんだ。」

これはほとんど和解である。物語はここで終る。この作品に感銘を受けて太宰治が井伏鱒二に弟子入りしたことは有名だ。滑稽と悲哀をたたえたこの傑作を、だが何ということか、ずっとのち、ぼくが作家になってからのことだが、作者は結末部分を全集収録時に削除してしまったのだ。ぼくの好きなあの会話部分はなくなっていた。なにしろ教科書にも載ったほどの作品である。いかに作者自身の行為とはいえ、これは暴挙であるという批判が噴出した。いちばん怒ったのは野坂昭如《あきゆき》。読まれたことで、もはや読者の血肉と化しているものを改変するとは怪《け》しからん。ひとりよがりもいい加減にしていただきたい。こうした騒ぎがあって以来、ぼくは自分の作品にはあとで手を入れないことにし、それは今でもずっと続いている。

井伏さんには一度だけ、ナマの姿とお声に接した。中央公論社の雑誌「海」の編集長だった塙嘉彦の葬儀の時だ。待合室で作家や編集者に囲まれた井伏さんはぼくの少し奥の席におられた。「この寒さなら凌《しの》げます」というお声が耳に残っている。

大学に通いながらアカデミーにも行っていたぼくは演技力を認められ、まだ研究生なのにアカデミーの卒業生で作っている劇団に抜擢され、小田和夫「霧海」に出演した。演出は新派の郷田悳《とく》という人だった。ぼくは初めて「本読み」なるものを体験した。今は「読み合せ」と混同されているが、「本読み」というのは本来、作者がひとりで台本を役者たちに読んで聞かせることだったのである。

一九五二年、六三年に日本教文社が刊行。古書か図書館で。

メニンジャー『おのれに背くもの』

「霧海」の演技は難しかった。出征している弟の留守中、その愛人に横恋慕する、結核を病んだ兄という難役である。演出の郷田さんも同情し「可哀想に。彼まだ二十だぜ」などと言っていた。それでも演出志望の先輩から合評会で「舞台で生活していたのは筒井君だけ」と褒《ほ》めてもらったのは嬉しかった。

大学生なので社会生活を知らないという演技者としてのマイナスを、なんとかプラスにしようと考えたぼくは、演技論の本を何冊も読んだ。しかしいずれも参考にはならなかった。そんな時、カール・A・メニンジャーの著作のことを知った。ある文化人が座談でメニンジャーを紹介し「焦点的自殺」という概念を説明したところ、同席していた女優の有馬稲子が持ち前の勘の鋭さですぐに理解して「わたしなんか、毎日焦点的自殺してるわ」と発言したというのである。これを読んでぼくはすぐその本を買った。

フロイド選集は発刊される間隔が次第に開いてきて、次の巻が出るのを常に待ち切れぬ思いでいたから、フロイド派の精神医学者であるメニンジャーの著作はその渇を癒してくれた。フロイド選集と同じ日本教文社から出ている『人間の心』上・下と、『愛憎』と、そして『おのれに背くもの』上・下の三部作五冊で、いずれも監修は古《こ》澤《さわ》平作、訳は草野榮《え》三良《さぶろう》である。『おのれに背くもの』が出た直後だったし「焦点的自殺」の項目もその下巻に載っていたから、恐らくこの上下巻を最初に買ったのだったろう。

メニンジャーは面白かった。メニンジャー財団が運営するメニンジャー・クリニックの院長である彼の著書には、そこへやってくる多種多様な患者たちの、豊富な症例が記されていた。例えば第四部の「焦点的自殺」というのは、自己破壊の対象がある特定の部分に向かうというもので、何回も外科手術を受けたがったり、仮病を使ったり、故意の偶発的事故で何度も怪我をしたり、自分の身体を故意に毀損したりすることなどを言うのだが、これらの実例が面白く、演技の勉強にこそならなかったものの、のちに小説を書くようになってからそれらがいかに役に立ったか計り知れないものがある。

第二部の「自殺」では、さまざまな突拍子もない自殺手段が書かれていて、これには驚くしかない。通常人間は自殺をしようと思ったらもっとも容易な、いちばん苦痛の少ない方法を選ぶ筈だが、毎年多くの自殺者が、もっとも困難で苦痛が多く、奇想天外な方法で自殺しているというのである。今までに小説やエッセイで何度も引用しているが、ほんの一部を紹介すると、次のようなものがある。

猛烈な速度で回転している丸鋸《まるのこ》に身を投げかけた人。燃えるストーヴに抱きついて焼死した人。真っ赤に焼けた鉄棒を咽喉《のど》へ差しこんだ人。自分の頭髪で首をくくった人。手製のギロチンで自分の首をちょん切った人。毒蜘蛛を呑みこんだ人。中にはギャグ漫画のような方法で死んだ人もいる。鉄砲を込み入った方法でミシンに連結し、自分を射殺したのである。

横光利一「機械」

新潮文庫で「春は馬車に乗って」とともに。岩波文庫『日輪・春は〜』に「蝿」などと。講談社文芸文庫『愛の挨拶／馬車／純粋小説論』にも収録。

文学概論の講義で、次に里井教授が朗読したのは横光利一の「蝿《はえ》」だった。ニヒリズムの極致と言えるこの短篇にぼくは驚いた。蝿の眼が視点になっている新感覚派の映像的小説。里井教授はそう教えた。馬車に乗り合わせる数人の乗客と馭者は、馬車の屋根に乗っている蝿の眼から描写される。そして最後に馬車は崖から落ち、全員の死を眺めた蝿が悠悠として飛び去っていく。

ぼくは横光の他の作品も読みたくなり、創元社から出ていた短篇集『機械』を読んだ。「機械」という短篇はぼくを刮目《かつもく》させた。主人公はネームプレート工場に住み込みで働いているのだが、そこの主人は底抜けのお人好しで、貰った代金を必ず落すという、一本ネジのゆるんだ人物でもある。一緒に働いている職人の軽部《かるべ》は主人公を、製法の秘密を探りにきたスパイだと疑い、難癖をつけてしつこく殴りかかってくる。そこへ大きな注文が入り、新たに屋敷という職人が雇われてくる。主人公はこの男をスパイではないかと疑いはじめる。ある日屋敷が実験室に入るのを見つけた軽部は、屋敷をねじ伏せる。これがきっかけで三人は三つ巴の殴りあいとなる。

町工場の人びとを新感覚派の文章で描写したこの作品、クライマックスではえんえんと三人の、あまり意味のない殴りあいが続くのである。人間をある環境の中でひとつの状況に追い込めば、まるで機械仕掛けのようにドタバタを演じはじめるのだ。喜劇が好きだったぼくに、この作品はドタバタの理論的基礎と、そのナンセンスぶりを描写する手法を教えてくれたのだった。

一方、美学芸術学の講義では、京大から出張講義に来ていた河本という教授の「芸術思潮」が刺激的で、わが進路を示唆《しさ》された。ダダイズムからシュール・リアリズムに至る思想的背景つまりアンドレ・ブルトンの「シュール・リアリズム宣言」や「ナジャ」、さらに「心的自動法」などのさまざまな技法のことを教わったのだが、これによってぼくの中ではドタバタ喜劇とシュール・リアリズムと精神分析が結びついた。当時ぼくはマルクス兄弟の喜劇映画に夢中だったが、フランスのシュルレアリストの間ではそのマルクス兄弟が高い評価を得ていることを知り、わが意を得た思いだった。さらにダリとフロイドの関係も知り、実はこれでもう、まだ三年もあとの卒業論文のテーマは決定したも同然だったのである。

アカデミー劇団に飽き足らなくなっていたぼくは退団して、青猫座という大阪の劇団の試験を受け、合格して入団した。この劇団が以前上演したフランツ・モルナアルの「リリオム」を朝日会館で見て感動したことがあったからだ。リリオムを演じたのはのちに新派に入った金田龍之介だったが、ぼくが入った時には入れ違いで退団していた。劇団は辻正雄という人が主宰していて、稽古場は淀屋橋近くにある小さなビルの三階だった。昼間は辻さんのお父さんが経営する商店の事務所であり、その小さな部屋で読み合せも、稽古もすべてやると聞いてぼくは吃驚《びっくり》した。

『飯沢匡喜劇全集1』（未來社）に収録。古書では新潮文庫『日本現代戯曲集3』にも。

飯沢匡《ただす》『北京の幽霊』

青猫座に入って最初の公演は飯沢匡の「北京の幽霊」と決定され、ぼくはさっそく役を貰った。と言っても新たに入団した中で役者志望の男性はぼくのみであり、あとは演出、照明などのスタッフ志望、そして女優志望の女性たち三、四人だったのだ。

太平洋戦争のさなかに書かれた「北京の幽霊」は高校時代、演劇部でやる戯曲を探し求めていた時にすでに読んでいたから面白さは知っていて、その芝居に出演できるぼくは幸せだった。昭和十五年代、北京へやってきた日本人一家の話である。ところが清朝の時代に建てられたその大邸宅には、西太后に仕えていた宦官《かんがん》の兄弟の幽霊と、重慶軍兵士の幽霊が棲んでいた。三人は不名誉な死にかたをした自分たちを成仏させてくれる者を捜していたのだが、その願いを一家の長女である初子に託そうとする。ぼくの役は、妻がいながらそんな初子に横恋慕する中国人青年の羅《ロー》だ。この羅さんの中国語の科白を、ぼくは今でも憶えている。三年前のことだが、芥川賞を取ったばかりの楊逸《ヤンイー》さんにこの科白を聞いてもらったら、「正確だけど、もっとゆっくり」と言われてしまった。

演出は石田亮という人で、宦官の兄の方は辻正雄の奥さんで辻美智という、関西劇壇では名優と言われていた人が演じ、辻さん自身はプロデュースにまわった。美智さんの演技は優れたもので、ずいぶん勉強になった。原作にあった戦時色は演出によってずいぶん省かれたが、わずかに残っていた「大東亜共栄圏を背負って立つ日本男児」などの科白が、四ツ橋・文楽座での公演では客の笑いを誘っていた。飯沢匡はもしかして戦後にこの芝居が演じられることを想定し、その時には一転して諷刺に変じるような科白をわざと書いたのではあるまいか、もしそうなら大変な人だとぼくは思ったものだ。この頃にはまだ、のちに飯沢さんと毎日新聞での対談書評の連載をきっかけに親しくおつきあいし、ご自宅へ招ばれて手造りの中華料理をご馳走になったりするなど夢にも思っていなかったのだが、そのくせ昔のぼくの疑問を一度も解いてもらおうとしなかったのは残念なことだった。

「北京の幽霊」の初演は一九四三年の文学座であり、ぼくの演じた羅青年を演《や》ったのは中村伸郎《のぶお》である。その中村さんはずっとのち、ぼくの書いた「アフリカの爆弾」が劇化上演された時には、なんと観光団団長の役で出演してくれている。舞台がはねたあと、他の関係者たちと共にレストランで食事した際には隣席を許され、この時はリアリズムの演技についていろいろとお話をし、有益な知識もいくつか得たのだった。伸郎さんはこの頃、お嬢さんと一緒にイヨネスコの「授業」を渋谷のジァン・ジァンで演じておられて、まだ見ていなかったぼくは「不幸な人ですね」と笑われてしまった。これはいかん、一度見に行かねばと思っているうちに公演は終ってしまった。なんでも演技の途中で科白がどうしても思い出せなくなり、衰えを強く自覚して自ら打ち切りにされたということだった。

高良《こうら》武久『性格学』

一九三一年に三省堂から刊行、三八年に増訂版。五三年に白揚社からも増訂版。図書館か古書で。

この本も演技者としての勉強のつもりで買った本である。三省堂から出ていたこの『性格学』の著者・高良武久は、慈恵医大教授で精神医学者。発行は昭和六年、なんとぼくが生まれる前からあった本ではないか。アップフェルバッハ、クレッチマーなど、ドイツの学者によって論じられたさまざまな性格学が紹介されているこの本を旭屋で見つけ、ぼくは大喜びで購入した。人間の性格類型を分類しているから、役の人物を造形する上でこんな重宝な本はないと思ったのだ。

いちばん面白かったのはアップフェルバッハの「男女牽引の法則」というやつである。この法則をぼくは自分と、知りあいの女性何人かに当て嵌《は》めてその相性を探ったりもしたのだが、これはこの本の読者のたいていが試みたことだったろう。まず男性的男性、男性的女性、女性的男性、女性的女性の四つの類型がある。そのそれぞれは精神的サド、精神的マゾに分かれる。すると八種類の性格類型ができる。即ち男性的男性のサドとマゾ、男性的女性のサドとマゾ、といった具合。そして性的に魅かれ合うのは正反対の類型だ。つまり男性的男性のサドは女性的女性のマゾに魅かれ、女性的男性のマゾは男性的女性のサドに魅かれるといった按配である。これは今で言うなら、種の保存のため、自分にない遺伝子を持つ異性に魅かれるという学説に一致しているから面白い。

クレッチマーの性格類型学はまず、体格と性格について述べている。三種に分類された体形のうち、肥満型は社交的で現実的、細長型は自閉的、分析的、理想主義的、闘士型は鈍麻性があり、堅忍不抜の態度が特徴的などと書かれている。このあたりまでは当時のぼくにとってもまずまず常識的な記述だったが、役作りの上で参考になったのは次の、チクロイド気質とシツォイド気質についてだった。これは躁鬱質、分裂質に相当する分類だろうし、あとで述べる福田恆存《つねあり》の戯曲「龍を撫でた男」の中では、アクーテ・マニー、ヒポ・マニーとして分類されていた。ぼくは短期間で人間の二大類型を勉強したのだった。

この少しあとで、ぼくはシュタイナーを知ることになる。体液による四大気質を分類した人で、現在の血液型性格学を認めるか認めないかは、このシュタイナーを認めるかどうかという議論になるのではないだろうか。彼の用語である多血質、胆汁質、粘液質などは今でも諸方で便利に使われているからだ。ぼく自身は、血液型による分類を否定する人の意見も納得できるので、「話題に困った時の血液型」として重宝させてもらっている。

のちに血液型人間学を提唱することになる能見正比古《のみまさひこ》は、ぼくが作家になった頃、「Ｐｏｃｋｅｔパンチ Oh!」の編集をしていて、ぼくの担当だった。そんな人とは知らず、ぼくは彼に毎月、連載小説の原稿を渡していたのだが、その長篇のタイトルはなんと『おれの血は他人の血』だった。あの頃から彼の中には血液型人間学の構想があったのかどうか、その血液型人間学を講演しているさなかに倒れた彼に、今はもう確かめる術はない。

福田恆存「堅壘奪取《けんるいだつしゅ》」

「劇作」一九五〇年二月号発表。『福田恆存戯曲全集第一巻』（文藝春秋）に収録。

レパートリイ会議提出用の戯曲を常に探していたぼくは、古い演劇雑誌「劇作」に載っていた福田恆存の一幕劇「堅壘奪取」を読んで魂を震撼させられた。このような不条理劇をぼくは初めて読んだのだった。まだ安部公房もベケットもイヨネスコもピンターも知らない頃だった。

ジャーナリストでもある宗教家の家に、ある青年がやってくる。気が触れているのか、そんなふりをしているのか、つまりは家に泊めてほしいという要求らしいのである。戯曲は主人と青年との会話による攻防で終始するが、そのやりとりは息詰まるほどの迫力だ。青年は奇怪な言辞を弄して宗教家である主人の常識を批判し、弱点を衝いてくる。主人は青年を追い返そうとしてさまざまな術策を駆使する。火花を散らして常識と非常識が交錯する。これを読んだ時は、のちに福田さんから直接、あれは本当にあったことだと教えられるとは夢にも思っていなかったのだが、とにかくこの戯曲の衝撃がいつまでも残っていて、のち、これによく似た設定と不条理感を持つ安部公房の小説『人間そっくり』や戯曲「友達」を読んだ時も、さほどの傑作とは思わなかったほどだ。

青猫座に通い始める前から、ぼくは同志社小劇場にも所属していた。秋元松代「日々の敵」などに出演していたのだが、青猫座の方は「北京の幽霊」のあと、鈴木泉三郎《せんざぶろう》「生きている小平次」をやることになり、主宰者の辻正雄自身が小平次を演じて、ぼくには役がつかなかった。常に役者をやり続けていたかったぼくは、同志社小劇場でやることになった福田恆存「龍を撫でた男」に喜んで参加した。気ちがいかそうでないのかよくわからぬ人物が登場するのは「堅壘奪取」同様だが、こちらは登場人物のほとんどがそうなのである。

この時演出をやった同窓生は、のちに現代演劇協会の演出家となる樋口昌弘だった。協会の会長である福田恆存に気に入られていたこの樋口君が、作家になったぼくの戯曲作品「三月ウサギ」を演出して、協会に属している劇団・昴で上演してくれることになろうとは、この時にはふたりともまだ、夢にも思っていなかった。

さらに「三月ウサギ」がレパートリイにのぼった時、福田さんはわざわざぼくに逢うため神戸までやってきた。主役をやれと言うのである。あのときなぜ断ってしまったのか、さっぱりわからない。この時、いみじくも福田さんはぼくに「三月ウサギ」の主人公のことを、「あれはあの男がふざけているのか、それとも本物の気ちがいなのか」と質問している。それはまさに「堅塁奪取」の青年についてぼくが訊ねたかったことなのだった。

これより以前、ぼくの処女戯曲である「スタア」を、劇団・昴の前身の劇団・欅で上演してくれたのも福田さんだった。荒川哲生《てつお》と共同で演出してくださってもいる。いやはや演劇界への本格的デビューが役者としてではなく、作者としてであるとは、夢にも思わぬことであった。

三笠書房から一九五四年刊。現在は岩波文庫（谷口陸男《むつお》訳）、集英社文庫（佐伯彰一訳）、新潮文庫（高見浩訳）など。

ヘミングウェイ『日はまた昇る』

青猫座がスタインベックの「二十日鼠と人間」を公演することになり、ぼくは演出の中西武夫によって主役のジョージに抜擢されてしまった。座員みなが驚き、ぼくも驚いた。

戯曲は本来小説であったものを作者自身が劇化したもので、ぼくは小説も読んだが、ほとんど戯曲と同じだったので、あわてて『怒りの葡萄』など作者の他の作品も読んだ。いずれも農民文学と言えるもので、ディレッタンティズムの青猫座がなんでこんなものをやるのかと、ぼくは理解に苦しんだ。

稽古を重ねるにつれ、次第にその理由がわかってきた。ほとんど男優ばかりの芝居で、女優はただひとりなのだが、全員、実にいい役ばかりなのである。主宰の辻正雄も含めて男優陣総出演、今でも語られることのあるいい舞台になった。ぼくは辻さんから「筒井は男をあげた」と褒められ、新聞の劇評も褒めてくれた。期待される新人として「東の仲谷《なかや》昇、西の筒井康隆」と書かれたのもこの時である。

以後、ぼくは現代アメリカ文学を集中的に読むようになった。ヘミングウェイ、フォークナー、ドス・パソス、フィッツジェラルドなどであるが、なかでもぼくを夢中にさせたのは三笠書房から出ていた大久保康雄訳のヘミングウェイ『日はまた昇る』だった。何よりもその文体にまいってしまったのである。ぽつん、ぽつんと途切れる、句点の多い、投げやりで吐き捨てるような文章からぼくが受けたものは、それまでの自然主義リアリズムの小説からは得られない新鮮な感覚だった。失われた世代の喪失感や虚無感を描くのに、これほどリアリティのある文体はなかった。のちに小説を書きはじめた時、この文体からずいぶん影響を受けていたことを自覚したものである。

数年後、これは「陽はまた昇る」というタイトルで映画になった。第一次大戦で負傷して性的不能になった主人公のジェイクがタイロン・パワー。新聞記者のジェイクはパリへ行き、戦争で傷ついた、ロスト・ジェネレーションの友人たちを得る。ジェイクの愛人ブレットがエヴァ・ガードナー、ジェイクという者がいながらこのブレットに横恋慕する作家のロバートがメル・ファーラー、スコットランドの貴族マイクをエロール・フリン、同じ仲間のビルをエディ・アルバートが演じている。そして全員がパンプローナのフィエスタに向かう。

原作者ヘミングウェイも配役にかかわったと言われている豪華キャストであり、ダリル・F・ザナック製作の超大作である。あとで聞いたところでは、なんとあのシャンソン歌手ジュリエット・グレコが街娼ジョルジェットの役で出演していたらしいが、ぼくは気がつかなかった。しかしぼくも含めてたいていの人のこの映画の楽しみかたは、人気俳優たちも楽しんでいる筈の彼ら同士のからみや演技のぶつかりあいではなかっただろうか。監督がヘンリー・キングでは、原作が持つあの、ハードボイルドと呼ばれることになる文体の緊張感は望むべくもなかったのだ。

ハメット『赤い収穫』

砧《きぬた》訳は一九五三年刊。現在はハヤカワ・ミステリ文庫（小鷹《こだか》信光訳）。『血の収穫』として創元推理文庫（田中西二郎訳）。

「血の収穫」というタイトルもあるこの作品は、ヘミングウェイの文体に連なるハードボイルドのミステリーという評判につられて読んだ作品である。これ以前、ハメットの原作になる映画「マルタの鷹」を、ぼくは高校二年の時に見ていた。ハンフリー・ボガート演じる主人公サム・スペードの非情さに、ぼくは度肝を抜かれた。言うまでもなくジョン・ヒューストン監督の出世作である。この頃はまだ原作が出版されていず、読んだのは早川ミステリで出た砧一郎訳『赤い収穫』が先だった。あの「マルタの鷹」の作者だからという期待で読んだのだったかもしれない。

ハードボイルドの文体に乗せて、登場人物が主人公のコンチネンタル・オプ以外ほとんど全部死んでしまうという展開の猛烈さは、まったく未知の世界だった。これはハメットの処女長篇であり、ハードボイルド・ミステリーの第一作と言っていいだろう。サンフランシスコのコンチネンタル探偵社から派遣され、ポイズンビルという街へやってきた主人公は、たちまち街を牛耳る実力者やギャング団の派閥争いに巻き込まれてしまう。街の掃除を企んだ探偵は、策略を練ってギャングたちを共倒れさせようとする。

銃弾が飛び交い、人がばたばた死に、血が血を呼び、乾き切った文体で果てしなく続く抗争がえんえんと描かれる。こんな小説を構想することが可能であることをぼくは知り、小説とはなんでもありの世界なのだと悟ったのだった。なのにこの小説、本格的に映画化されたことは一度もない。人間関係の複雑さが観客にわかり難いという判断があったためだろうか。

しかしこの作品に魅せられた人は多かったようだ。黒澤明は映画「用心棒」で対立関係を思いっきり単純化して成功し、クリント・イーストウッドの「荒野の用心棒」、ブルース・ウィリスの「ラストマン・スタンディング」としてリメイクされた。ぼく自身も『おれの血は他人の血』でオマージュを捧げているが、今読み返すと「まんまじゃないか」と言われそうな出来である。他にも似たような小説、映画は数多い。基本設定が永遠に模倣され続ける傑作であろう。

翌年『マルタの鷹』が、やはり早川のポケット・ミステリから砧一郎訳で出たので、早速読んだ。これは実質上のハメットの出世作とされていて、何度も映画化され、パロディも数多いが、ヒューストン作品に惚れ込んでいたのと、『赤い収穫』のショックがあったため、あまり興奮しなかった。今でもこの作品だけは映画の勝ちだと思っている。

青猫座で「二十日鼠と人間」に主演したぼくは、同じ年、日活のニューフェイスに応募した。関西での一次試験に合格したので、ぼくを認めてくれていた演出家の中西武夫に推薦文を書いてもらい、上京した。だが、ずらり居並ぶ選考委員の前に進み出ただけで、なんの質問もなく、むろん演技を見てもらえるということもなく、そのまま退場させられ、落されてしまった。ひどいものである。今でも思い返すたびにむかついてならない。

カフカ『審判』

白水uブックス、岩波文庫、角川文庫など。『訴訟』として光文社古典新訳文庫。

同志社大学の図書館に新しく新潮社の現代世界文学全集が入ったので、ぼくはしばしば借り出して読むことになる。全集7はカフカだった。『変身』や『流刑地にて』と一緒に原田義人訳『審判』が収録されていて、この小説の不条理感覚はすばらしかった。のち、作家になってからあきらかになった影響の大きさでいえば、文体ではヘミングウェイ、不条理感覚ではカフカということになり、あちこちのインタヴューでもそう話している。

『変身』も面白かったが、面白いという一般的な学生間での前評判が大き過ぎ、期待していたほどではなかった。のちに『城』を読み、作家になってすぐの頃には、星新一から『アメリカ』を借りて読んだが、やはり『審判』を読んだ時ほどの衝撃はなかった。もちろんこれらすべての作品からは大きな影響を受けていて、『城』からはのちに書いた「ヒストレスヴィラからの脱出」という短篇の着想を得ている。『変身』

となると、これはもうぼくにとどまらずSFとして書かれた変身譚すべてが影響を受けていて、いずれにも同様の不条理感がうかがわれる。

『審判』の主人公ヨーゼフ・Kは、ただの銀行員なのだが、ある朝起きるなり逮捕される。何の罪なのかわからない。Kは弁護士を頼む。のちにオーソン・ウェルズが監督した映画の「審判」では、監督自身がこの弁護士を演じているのだが、これが実に頼りない弁護士で、やはり肝心の逮捕された理由はわからない。不条理に振りまわされるひ弱なKをアンソニー・パーキンスがみごとに演じている。しかし、やはり映画は小説の面白さを越えていなかった。

裁判も不可解さの度が増すばかりで、実に奇奇怪怪である。組織の不気味さ、制度の複雑さが読者にも伝わってきて、慄然《りつぜん》とさせられる。そして逮捕から一年後、Kは無慈悲にも犬のように殺されてしまう。

カフカの友人だったマックス・ブロートが彼から死後の出版を依頼されたリストに、この作品は入っていなかったという。理由はさまざまに推測されているが、どこかに徹底しない部分があったからではないかということだ。しかしそんなことはもうどうでもよく、そもそもこれは何を書こうとした小説かということもどうでもよく、誰がどう批評したとかいうこともどうでもいいくらい、これは面白かった。難解だと言われているが、読み出したらやめられないほどの息詰まる面白さがなんで難解なのかとぼくは思ったものだ。ぼくが不条理感覚と言うのは、つまりこの種の「面白さ」をいうに過ぎない。

青猫座ではその後、トルストイ原作、築地小劇場での上演台本による「復活」にふた役で出演したが、同時に嫌いな小道具を任されたりもしたので、日活のニューフェイス試験に落ちたこともあり、この頃から演技熱が冷めはじめた。さらに主宰の辻正雄が名優でもある辻美智という奥さんがいながら、新たに入団してきた女性になりふり構わず夢中になったため、いやけがさしてぼくは退団した。その直後、美智さんは自殺した。

カント『判断力批判』

岩波文庫にあるほか、以文社から単行本。河出書房新社『ワイド版世界の大思想6・カント』にも。

役者への道を断念して、ぼくはこの頃いささか虚無的になっていたが、大学も四年目に入り、美学芸術学のゼミナールが始まったのは、ぼくにとって何かに集中できるいい機会だったのかもしれない。美学演習の担任は主任教授の園頼三先生で、テキストはカントの『判断力批判』だった。本来、美学を学ぶ生徒なら第二外国語としてドイツ語を選択すべきなのだが、ぼくはフランス語をとっていたし、他にもドイツ語をとっていない生徒は何人もいたので、ぼくたちは英語に翻訳されたカントを学ぶことになった。

『判断力批判』はカントの第三批判と言われるものであり、その前に『純粋理性批判』『実践理性批判』の第一、第二批判があるということだったので、それを読んでおいた方がいいかなと思い、園教授もそれを勧めているように感じられたので、『判断力批判』も含め全冊を文庫で買ってきて読んだ。ぼくの浅薄な解釈では、『純粋』

は、われわれが物ごとを感性や悟性によって認識したあと、理性がそれを絶対的なものにまで推論しようとする、その過程を書いた本である。読んだ時は理解できたと思ったが、今ではすっかり忘れてしまった。少しあとでフッサールの『現象学』を読んだ時、『純粋』に似ているなとぼんやり思った程度である。

『実践』になると、その純粋理性が実践的であり得ることを論じている。そして実践的法則という名の道徳法則の形式を見出すことができるのは、純粋理性だけであるとしている。カントの道徳論と言っていいだろう。

さて『判断力批判』である。今でも同窓生に会うとよく笑って言うことが、「理解できたのは一ヵ所だけ。即ち、美とは見たそのものが美しいのか、見た心が美しいと感じるのか、どちらであるか。その答えは、鐘が鳴るのか撞木《しゅもく》が鳴るか、鐘と撞木の間《あい》が鳴る」という、当り前のような馬鹿馬鹿しいものであった。四年間美学を学んで得たものがただそれだけというギャグなのだ。だが実際には反省的判断力という美を判断する能力は、美を規定する判断力ではなく、その対象が美という目的に適《かな》っているかどうかを判断する能力だったのである。英語で教わったためか、「判断力」は日本語で読んだ「純粋」や「実践」よりもわかり易かった。あのふたつを読んでおいてよかった、と、ぼくは思った。

この頃ぼくは「シナリオ新人」という同人誌に加わり「会長夫人万歳」というシナリオを書いている。やはり今まで多くの戯曲を読み、たくさん映画を見てきた蓄積を、何かで生かしたかったのだろう。

そしていよいよ卒業論文だ。そのタイトルは「心的自動法を主とするシュール・リアリズムにおける創作心理の精神分析的批判」である。この論文は精神分析が嫌いな園教授のお気に召さず、及第点ぎりぎりの六十一点しか貰えなかった。この卒業論文は「ユリイカ」誌の昭和六十三年五月号に、前記のシナリオは、昭和五十一年に「別冊新評」誌が出した特集号「筒井康隆の世界」に収録されている。

第三章　デビュー前夜

一九五七年〜

ハヤカワ文庫ＳＦ（福島正実訳）。

フィニイ『盗まれた街』

中学、高校、大学と、休暇のたびにアルバイトをしていた展示装飾の乃村工藝社に、ぼくは卒業と同時に入社する。アルバイトの時は制作部で切抜き文字に色を塗ったり、プレートに書く文字の割付けをしたり、画家たちのための資料探しなどをしていたが、社員になると営業部に配属させられた。ぼくは企画部へ行きたかったのだが。

そしてこの年、ハヤカワ・ファンタジイ、のちのハヤカワSFシリーズが発売される。その第一弾がジャック・フィニイの『盗まれた街』であった。翻訳はのち「SFマガジン」編集長となる福島正実。ぼくにとっては『宇宙戦争』以来十年ぶりの侵略ものSFであった。侵略といっても、異星人が攻めてくるのではない。地球人の脳を侵略してしまうのである。新鮮な驚きだった。ぼくは戦慄《せんりつ》した。あの時の感動がぼくをSF作家への道へ誘ったことは確かであろう。

ある田舎町で、自分の親や知人を「本人ではない」と言い出す住民が増えはじめる。主人公の医者とその愛人は、人間に成長しかけている豆の莢《さや》のようなものを発見し、これが人間に取って代わっているのだと判断する。主人公は精神病の医者である友人にこれを話すが、この友人が猛烈なペダントリイを駆使して主人公を説得しようとするからには、この男もすでに脳侵略されている、つまりは異星人なのであろう。ふたりが長い会話を交わす部分のペダントリイがみごとである。ＳＦにはこういうペダントリイが必要なのだと、あとあとまでぼくが思い込んでいたのはこのせいだった筈だ。

おっかないのは、住んでいる田舎町のよく見知った人たちの、誰が脳侵略されているのかわからないことだ。窓から覗いた親戚の食卓での会話は、主人公たちの交した会話をグロテスクに模倣したお芝居であり、彼らは演じながらげらげら笑っている。あまりのおぞましさに愛人はショックを受けてその場にへたり込んでしまう。

ラスト、町から逃げ出そうとしてとなり町へ向かう主人公たち二人のあとから、見慣れた町の知人たちが大勢で追跡してくるところは圧巻だ。何度も映像化されているのはまさに、こういう視覚的な恐怖を狙ったためであったろう。

この作品、いささか冗長ではあるが、田舎町の描写のリアルさなどで今でも古びてはいず、のちにノスタルジイSFを多く書くことになるフィニイの才能が発揮されている。今では脳侵略ものの古典と言われていて、これ以後、脳侵略というのはSFの一ジャンルとなり、やがてストーリイの一部となって、もはやSFの独立したアイディアですらなくなってしまった。

この本と同時だったと思うが、カート・シオドマク『ドノヴァンの脳髄』が出て、これも面白かった。以後、次つぎと出るアメリカSF黄金時代の作品を、ぼくはむさぼるように読んだ。ブラウン、マティスン、アシモフなど、戦争中、翻訳されることのなかった傑作群が目白押しだったのである。

三島由紀夫『禁色』

一九五一年刊行。その第二部として五三年刊行の『秘楽《ひぎょう》』と合わせ『禁色』として新潮文庫。

乃村工藝社の営業の仕事はいやでいやでしかたがなかった。企画にまわしてくれれば、いくらでもいいアイディアを出してやれるのにな、と思ったりもした。大工が施工したあとのデパートのショー・ウインドウの中で、通行人が見ている中、マネキン相手に商品を並べるような仕事を、中年になってまでやれたもんじゃない。何か考えなければ。

小説でも書いてやろうか、と、ぼくは思った。折から新人作家ブームだった。石原慎太郎、開高健、大江健三郎、そんな新人たちが次つぎとデビューしていた。本格的な文学でなくても、サキ、ジョン・コリア、ロアルド・ダールみたいに、人をあっと言わせる結末を持った珠玉の短篇や掌篇を年に何回か発表して名をあげる、そんな作家になれないこともあるまい。

三島由紀夫もまた、少し前に文壇に登場した新進作家だった。その新作である『禁色』が評判だった。青猫座以来つきあいのあった女優たちがしきりに噂していたので、ぼくはその小説を読んだ。そして打ちのめされた。こんな凄い文章が書けなければ作家にはなれないのかと思い、絶望した。この作家は、ぼくの「作家にでも」といういかにも軽い考えを根本から打ち消してくれ、作家になるならそれなりの修業が必要であることを教えてくれたのである。そのお蔭でぼくは、マスコミによって便利に消費されてしまうような作家には、ならずにすんだのかもしれない。

その文章はたしかに美文ではあるが、論理性を持った美文で、警句や箴言《しんげん》がちりばめられていた。その才能は驚くべきものだった。描写力、表現力もさることながら、実社会や裏社会の知識もまた作家の年齢からは考えられぬほどの豊かさに満ちていた。テーマは男色だったが、まだ日本では知られていなかったゲイというアメリカの俗語もただ一ヵ所、ゲイ・パーティということばで紹介されていた。こんな最近の風俗まで熟知しているのかとぼくは感心した。

物語は男色と美学と当時の風俗をからませた重層的な運びで進展していく。主人公の悠一はこの世ならぬ美男子であるが、彼に目をつけた老作家は彼を使って、昔自分を苦しめた女たちに復讐しようと企てる。スタンダールの『赤と黒』のように、女たちはたちまち主人公に籠絡《ろうらく》されていく。ジュリアン・ソレルと大きく異なるところは、悠一自身は女にも出世にも関心がなく、そして彼には男も夢中になるのである。続編の『秘楽』も読んだが、当然のことだが『禁色』の展開の凄さはなかった。

以後、ぼくは三島作品が出るたびに読み耽るようになるのだが、後年、その三島の名を冠した文学賞の選考委員になり、大江健三郎や石原慎太郎と席を同じうするなどとは夢にも思っていなかったし、三島由紀夫を論じた「ダンヌンツィオに夢中」という評論を書くことになるとも思っていず、また、蜷川幸雄の演出で三島由紀夫の戯曲『近代能楽集』の中の「弱法師《よろぼし》」に出演し、全国を巡演したあと、イギリスに遠征してバービカン劇場で公演することになろうなどとも思っていなかったのである。

山西英一訳で新潮社や集英社の世界文学全集、新潮文庫などに。図書館か古書で。

メイラー『裸者と死者』

この本は出版直後、高校時代に一度読んでいるのだが、ビートニクと言われる文体が肌に合わず、兵隊が大勢出て来て名前が覚えにくい上、戦争場面に乏しくモノローグが多いこともあって途中で投げ出していた。だが、のちに読んだヘミングウェイの『誰が為に鐘は鳴る』や『武器よさらば』が素敵に面白かったことから戦争文学に興味を持ち、この作品の再読に取り組んだのだった。「取り組んだ」という形容がぴったりのこの力作、むしろ力業と言った方がいいくらいの大きな構想による大長篇であり、読み終えた時には自分が戦争に行ったくらいのずっしりした疲労感を覚えたものだ。

高校二年の時に改造社から出た山西英一の訳で読んだこの本の初版は、猥褻《わいせつ》文書の疑いで警察の捜索を受けたということもあり、その興味で読んだのだったかもしれない。友人たちと「ママとパパのくちゅくちゅ」だの「くる日もくる日も、寂しいあまりに、せんずりをこいてこいてこきまくって」だの、当時でもさほど猥褻とは思えなかった一節を言い合って笑っていたものだが、改めて読み返せば高校生の自分にどれだけ読解力がなかったかを思い知らされるばかりだった。

第二次世界大戦の末期、メイラーはレイテ島、ルソン島に転戦していて、その体験が一部もとになっているようだが、これは記録文学というものではない。兵士それぞれの内面描写や生活、それと交互に示されるカミングズ将軍とその副官ハーン少尉の会話による思想性は、その深い表現力によってはるかに記録文学や戦争文学の域を超えている。主役はあくまで歩兵連隊所属歩兵中隊の偵察小隊なのだが、カミングズ将軍に反抗したハーン少尉がこの小隊の隊長に任じられ、さらには戦場であるこのアノポペイ島の反対側から日本軍の背後にまわって偵察を行えという苛酷な命令を受けるところから、話は俄然物凄さを持ちはじめる。

えんえんと続く行軍の描写はまるで兵士と同等の疲労を読者に与えようとしているかのようだ。それまで偵察小隊を指揮していた特務軍曹クロフトのハーンに対する反感、兵士それぞれの個性的な苦悩や煩悶、日本兵との遭遇、非人間的な肉体の酷使によるアナカ山への登攀《とうはん》、これらはすべて後半の偉大な盛りあがりとなる。そして実に意外な、とは言えそれこそが戦争なのだと納得させる結末もみごとだった。

この作品、今から思えばそのシチュエーションや表現や人間関係や描写などは、ぼくの作品にずいぶん影響を与えていることがわかる。特にわが第二長篇『馬の首風雲録』への影響は大きい。

小説で身を立てようという決心をしたのはこの頃だ。さまざまな小説を読んできたことに加え、科学的認識を必要とされるSFというジャンルの存在を知り、もしかして日本でSFを書けるのは自分しかいないのではないかという思いあがった気分にもなっていたぼくは、乃村工藝社から帰宅する電車の中で、SFの同人誌を出そうという考えに至ったのだった。

ディック『宇宙の眼』

中田耕治訳。一九五九年ハヤカワ・ファンタジイのシリーズで刊行。図書館か古書で。

同人誌を「NULL」という名に決め、ぼくは弟たちを、父親まで巻き込んで同人にした。家族だけの同人誌という触れ込みなら評判になるだろうと考えたのであり、SF雑誌だから父の自然科学博物館長という肩書も役に立つという計算をしたのだった。ぼくと弟たちが短篇を書き、父にエッセイを書かせて第一号を発刊した。ハヤカワSFシリーズでフィリップ・K・ディックの『宇宙の眼』が出たのはちょうど、この頃である。

シュール・リアリズムがSFに活かせる、ぼくがそれを発見したのはこの作品によってであったろう。パラレル・ワールドというジャンルがその武器になることを知ったのだ。

ビヴァトロン工場の事故で、見学に来ていた八人の人間が、乗っていた観測台の上からビヴァトロン室のフロアに転落する。主人公である電子工学研究所員のジャックも、その妻のマーシャも見学に加わっていたため、災難に遭う。八人は放射能障害を受けてその場に倒れたままとなる。

病院で気がついた主人公は妻から、誰も死ななかったということを聞かされ、日常生活に戻る。だが次つぎと不思議なことが起る。家の中にいると頭の上から蝗《いなご》の大群が降り注いだり、金属の護符で疵《きず》に触れるとたちまち治ってしまったりする。そしてこの世界が、何やら怪しげな宗教によって支配されているらしいことを知る。えんえんと奇怪な事象が起るうち、この世界があの八人の中にいたアーサー・シルヴェスターという狂信的な退役軍人の精神世界であることがわかってくる。主人公が傘の柄につかまったままで天空に上昇し、矮小《わいしょう》な太陽が自転するのを見、自分を凝視している巨大な神の眼に遭遇するところなどはシュール・リアリズムの極みだ。

やっとその世界から脱け出した主人公たちは次に、イーディスという中年婦人の精神世界に入ってしまう。友愛に満ちた甘ったるい世界だが、馬がズボンを穿《は》いていたり、警笛が消えていたり、新聞には婦人欄しかなく、さらに女性からは性器が消え、ウィスキーが消え、イーディスの嫌うものはすべて消えてしまう。ついには空気まで消えてしまい、やっとその世界からの脱出が叶う。だが今度はさらに恐ろしい、ミス・リイスという偏執的なオールドミスの世界に入ってしまう。食物はすべて毒であり、水道からはどろどろの血が噴出する。家そのものが生きものと化し、主人公たちはゆっくりおりてきた天井に嚙《か》まれそうになる。

こうして何人かの精神世界を経巡ったのちに、やっと正常な世界に戻るのだが、今までのいきさつから、これとて主人公の内的世界ではないのかという疑問を読者に残して物語は終る。多元宇宙ＳＦの古典と言えよう。

ディック作品は彼の死後、その文明批評や哲学性が、文学的にも高い評価を受けるようになった。ハリウッドで次つぎに十篇ほどが映画化されたことはご承知の通り。『アンドロイドは電気羊の夢を見るか？』は「ブレードランナー」となり、『追憶売ります』は「トータル・リコール」となっている。

稲葉明雄訳、ハヤカワ文庫SF。一九五六年刊の元々社版は佐藤俊彦訳。

ブラウン『発狂した宇宙』

ハヤカワSFシリーズが出る以前には元々社というところから最新科学小説全集として何冊かSFが出ていたが、翻訳が悪いという定評があり、打切られていた。SF出版は社の倒産につながるというジンクスができたのもこのせいである。それを知ってからのことだが、ぼくもこれらの二、三冊を古書店で購入して読んだ。たしかにひどい訳だったが、佐藤俊彦訳の『発狂した宇宙』だけはさほどの悪訳でもなく、ぼくは面白く読んだ。これ以前にハヤカワSFシリーズで出た『火星人ゴーホーム』も読んでいたが、それよりも面白かった。このブラウンの二作品は読者によって好みがはっきりと分れるようで、例えば星新一は『火星人ゴーホーム』派であった。『発狂した宇宙』も『宇宙の眼』と同様、多元宇宙ものである。シュール・リアリズムに加え、この作品でぼくは多元宇宙で諷刺を効かせ得ることを知った。SF雑誌の編集長である主人公キース・ウィントンは、今ならSFおたくとでも言うべきファンの手紙に悩まされている。そんな時彼は月ロケット第一号の墜落に巻き込まれる。大爆発で粉微塵《こなみじん》の筈なのに、彼はそんな事故などまったくなかった世界に来てしまう。ここから彼の周囲で奇怪な事件が次つぎに起るのだが、最後に、実はその世界があのSFマニアの精神世界、というよりはキースがあのSFマニアの精神世界はこうもあろうかと想像した世界であることが判明する。爆発時にそのSFマニアのことを考えていたからだ。つまりこれは、この時代、日本にはまだ存在しなかったもののアメリカには大勢いて、やがて日本にも大量発生することになる、やや頭のおかしいSFマニアを諷刺していると同時に、荒唐無稽なスペース・オペラを皮肉ってもいるSFなのだ。ある意味自己言及的なメタ・フィクションとも言えるだろう。

当時の二流、三流SFに登場し、ペーパーバックの表紙に描かれるバグ・アイド・モンスターつまり大目玉の怪物や、ほとんど裸の金髪の美女などが日常的に存在する世界でキースが真相を知ろうとじたばたするのが実におかしい。これもユーモアSFの古典と言えるだろう。

SF同人誌「NULL」の反響は大きかった。読売、毎日などの新聞や、「週刊朝日」「週刊女性」などに取りあげられ、朝日放送テレビには家族全員が出演した。そして江戸川乱歩から「宝石」誌に兄弟全員の作品を再録したい旨の手紙が来る。みな大喜び。この手紙の返事を勤務先で書いた父は、粗忽《そこつ》にも返事の封筒に乱歩さんから来た手紙を入れて投函してしまい、大慌てで博物館のあった靱《うつぼ》公園から梅田の中央郵便局まで自転車を飛ばして取り戻しに行ったというエピソードもある。

その夏、ぼくは上京して乱歩邸にお邪魔し、「やはり長篇を書かなきゃいけない」という助言と宿題を戴《いただ》き、さらに「宝石」編集長・大坪直行の紹介で星新一と逢う。以後、もはや会社などどうでもよくなり、ぼくは仕事をサボっては喫茶店などで原稿を書き続けることになるのだ。

シェクリイ『人間の手がまだ触れない』

稲葉明雄・他訳で新装版ハヤカワ文庫ＳＦで。

ぼくは長篇を書きあぐねていた。その一方、交換入会の形で東京の「宇宙塵《じん》」の同人となり、ここや毎日新聞や「宝石」などにＳＦの掌篇をちらほら発表し、「ＮＵＬＬ」も次つぎと刊行していた。そしてついに乃村工藝社を退社し、ビルの一室を借りて「ＮＵＬＬ　ＳＴＵＤＩＯ」なるデザイン工房を開設、博報堂、洋装店、小さな工芸社などからデザインだの装飾の施工だのビルの完成予想図などの仕事を貰う傍ら、原稿を書き続けた。

のちにプロとなる東京のＳＦファンたちともつきあいができ、その連中がわが作風を称して「和製シェクリイ」と言っていることを知り、ぼくはハヤカワＳＦシリーズで出たロバート・シェクリイの『人間の手がまだ触れない』を期待して読んだ。二年ほど前に発刊された「Ｓ‐Ｆマガジン」創刊号掲載の「危険の報酬」は、当時まだ新鮮だったマスコミ批判をテーマにしていて面白く、ファンの間でも大評判だったからだ。「S-Fマガジン」創刊号の成功はこの短篇ゆえ、などとも言われていたのである。

　この短篇集は「シェクリイならこれ一冊読むだけで充分」とのちに言われたりもする代表的な作品集で、バラエティに富んだ十三篇が収められていた。民俗学的アイディア、文明批評、ホラー、哲学的アイディア、ドタバタ時間旅行もの、マスコミ批判、文化人類学的アイディアなどさまざまだが、底に流れるのはモダンな諧謔《かいぎゃく》精神である。特に二人連れが漫才めいた会話をしながら宇宙へ行って面倒なことになるというパターンが面白く、のちにSF世界短編傑作選に収録された「救命艇の叛乱」という大傑作もそうだが、この作品集ではやはりタイトル・ストーリイの「人間の手がまだ触れない」が最も面白い。ヘルマンとキャスカーの二人の宇宙飛行士が餓死しそうな空腹のまま、とある惑星に着陸する。奇妙な形をした建物の中にはこの惑星の住民が残したさまざまな物資が積まれていて、その中から食べられそうなものを探そうとする話である。ふたりの会話が面白い。やっとどうにか食べられそうな物体を見つけるのだが、その赤いゴムのような物体を親指で突くとくすくす笑う。「これがなにか具合がわるいのかね?」とヘルマンが言うと、「おれはくすくす笑うようなものは食べないよ」とキャスカーは断固として言うのである。こうしたシチュエーションは実に洒落《しやれ》ていて、ぼくはこの作家に親近感を抱いた。

この本に収録された作品では殺人ゲームをテーマにした「七番目の犠牲」がカルロ・ポンティ製作、マルチェロ・マストロヤンニ、アーシュラ・アンドレス主演で映画化されている。またシュワルツェネッガー主演の「バトルランナー」が「危険の報酬」そっくりだったのでシェクリイが怒って抗議したというが、一時期もてはやされたシェクリイ、その後急速に忘れられていたため、この時には無視されてしまった。やはり短篇だけではあとに残る作家にはなれないようで、ぼくに長篇を書けと言った乱歩さんの示唆は正しかったのである。

一九六四年、中央公論社『世界の文学』42に（生田耕作、大槻鉄男訳）。現在は生田耕作訳で『夜の果てへの旅』上・下として中公文庫。

セリーヌ『夜の果ての旅』

「科学朝日」誌にショート・ショートを連載していた山川方夫《まさお》が、まだ若いのに交通事故で急死したため、ぼくにお鉢がまわってきた。ここに連載したり「S－Fマガジン」に短篇を書いたりする傍ら、ぼくは苦労して長篇を書きあげた。眉村卓の『燃える傾斜』を出版した東都書房に持ち込んだが、文章が悪いというので没になった。乱歩さんから文章を褒められていたぼくはもう、どうしていいかわからなくなった。そんな時、セリーヌ『夜の果ての旅』を読んでぼくは感動した。一九六四年十二月七日の日記にぼくはこう書いている。「セリーヌを読む。久しぶりで面白い小説を読んだと思う。初訳」生意気にも、もうありきたりの小説は面白くなくなっていたのだ。そのくせ長篇の書きかたがわからず、書いてもものにならないのである。

『夜の果ての旅』はそれまで読んだ小説とまったく違っていた。話の運びは順を追わずに途中をすっとばし、登場人物による繰り返しの多い語りをえんえんとやり、描写は冒瀆的、表現は俗悪極まりないというたいへんな代物だった。しかもこれは作者の処女作であり、原稿を持ち込まれた出版社の社長がこの大長篇を一日で読んで出すことに決めたというエピソードもある。天才としか言いようがないが、この異常な小説がごうごうたる反響を呼び、たちまちベストセラーになった。

語り手である主人公のフェルディナンは冷笑的で、過度に不潔で醜悪な表現を好む。そんな主人公の、これは遍歴の物語である。戦争に行って精神に異常をきたし、病院生活ののちにアフリカへ行き、熱帯地方でさんざんな目に遭い、ガリー船でアメリカへ連れて行かれ、労働条件のひどいアメリカの都市を放浪し、パリに戻ってからは医者の資格をとって貧民の多い下町で開業するが、これも捨ててまた放浪に戻る。このフェルディナンの行く先ざきに現れるのがロバンソンという、主人公に輪をかけた放浪癖のある男で、これは主人公の分身とも言えるだろう。最後は精神病院の経営を任されることになるが、主人公はここでロバンソンの最期を見届け、ながいながい物語は終る。

この小説が心を打ったのは、ぼくにも放浪を志向する性癖があったからかもしれない。学生時代には学校をサボってしばしば繁華街を徘徊《はいかい》したこともあったのだ。のち、安倍晴明を題材にしたテレビドラマに出演した時、ぼくと同じ誕生日の女優、羽《は》田《だ》美智子が「九月二十四日生まれって、永遠の放浪者なのよ」と教えてくれたのだが、頷けるところがあった。放浪にはきっと、現状に満足せずいろいろなことをやりたがるという性癖も含まれるのだろう。

セリーヌは晩年、その著作によって国賊作家の汚名を着せられ、対独協力者として牢獄生活を送り、もともと彼の反文学性が気に食わなかった文壇から黙殺され、生活苦に悩んだという。未だに正当な評価は得られていないらしいのだが、ぼくはこの作家によって、なんと一人称で書けばどんな文章だって許されるのだという貴重なことを教えられたのだった。

ブーアスティン『幻影《イメジ》の時代』

副題に「マスコミが製造する事実」。東京創元社から一九六四年刊（星野郁美、後藤和彦訳）。図書館か古書で。

この社会科学書を読んだ時の衝撃は今でも憶えていて、それどころかこの本に書かれたことが現今に近づくにつれてますます顕著になってくることを、ぼくは事あるごとに思い知らされたものだ。疑似イベントとは、現代人の飽くことを知らぬ途方もない期待に応えようと、マスコミが、政府が、時にはわれわれ自身が生み出す作られた出来事のことである。ニュースは取材されるものではなく作られるものであり、事件のニュースが報じられていない日の新聞を読んで「なんと退屈な日だ」ではなく「なんと退屈な新聞だ」と読者に言われぬよう、マスコミは日日面白いニュースを作り出そうとする。かくて報道倫理に従った高級紙は没落していくことになる。現実に起った出来事は、その場にいる人間よりもテレビを通じて見た者により臨場感を与えるのである。

古くから人びとが求めた英雄は、毎日のように新たな英雄を見出さずにはいられない大衆の欲求によって、現代では英雄ではなく単なる有名人となり、テレビに現れては消費され、すぐに消えていくことになる。真の英雄がマスコミに取りあげられることはなくなった。ノーベル賞受賞者とて、たちまち有名人の列に引きずりおろされ、ただちに忘れられていく。

昔なら発見や出会いや冒険に満ちた外国旅行も、観光という疑似イベントによって作られた「安全な冒険」にとって替わられ、ガイドつきのパック旅行は大量の観光客に安価な旅と人工的観光地を提供する。本物の芸術よりも、大衆的な、わかりやすいその模造品の方が好まれ、名作よりもそのパロディが好まれ、実物よりも美しいその写真が好まれ、古典音楽はポピュラー・ソングとして蘇る。大衆にとって複雑でわかり難い原作よりも単純化された映画が好まれ、その小説の映画版こそがオリジナルと考える人は、ノベライゼーション以前から存在したのだ。複雑な理想よりもイメージそのものが求められた結果、ブランド品に見られるように商品乃至《ないし》理想は、イメージの投影、または一般化として考えられるようになる。

この本からぼくは作品の大きなテーマを与えられた。大きな出来事を常に求める大衆の期待によって、ついに戦争が起るというテーマである。一年後、セリーヌに学び、ヘミングウェイの文体から学んだ一人称でぼくは「東海道戦争」を書くことになる。「S－Fマガジン」に掲載されたこの短篇が好評だったので、以後ぼくはしばらく「おれ」という一人称で短篇を書き続けるのである。また、疑似イベントという言葉をSF作家たちが口にするようになり、その後「S－Fマガジン」は「架空事件特集」という号を出して作家たちに疑似イベントものを書かせたりした。

「東海道戦争」を書く以前からシナリオで参加していたテレビアニメ「スーパージェッター」の商品化権料が多額に入ることになり、ぼくは上京を決意した。この頃はもう作家として立っていける自信もでき、なんとなく落ちついてもいたようだ。

第四章　作家になる

一九六五年〜

一九六五年、光文社カッパ・ノベルスで刊行。双葉文庫、角川文庫などに。図書館か古書で。

生島治郎《いくしまじろう》『黄土《こうど》の奔流』

昭和四十年四月、ぼくは結婚した。相手は神戸・垂水《たるみ》の松野牧場牛乳の長女・松野光子で、仲人《なこうど》は小松左京夫妻にお願いした。新居は東京・原宿駅前の森ビルというアパートの一室である。そしてこの年の十月、ぼくの最初の短篇集『東海道戦争』は早川書房から出版された。それまで早川書房にいてミステリ誌の編集長をしていた生島治郎は、前年『傷痕《しょうこん》の街』を書いて作家デビューしていたが、ぼくはこの人と親しくなった。この年、生島さんは『黄土の奔流』を書き、これが大評判になっていた。冒険小説は小説の最も古い形式、などと言われているが、そんなことを感じさせないほどこの小説は面白く、よく出来ていた。大正十二年の上海から話は始まる。主人公の紅《くれない》真吾は自分の貿易公司を倒産させてしまい、無一文となる。第一次と第二次の大戦の間にあって魔都上海は、列強各国からやってきた商人や犯罪者が割拠していたが、主人公はとある日本の商社社長から、揚子江を遡り、重慶まで行って、同じ重さの黄金以上に価値のある最高級の豚毛を買ってくる話を持ちかけられる。会社の再興をはかる主人公は、資金の提供を受けてこの決死行に出発する。当時、中国は清朝が倒れ、国民党と共産党が覇権を争っており、さらに行く手の揚子江は軍閥、自衛団、砦などに囲まれていて、その旅はまず激流と銃弾による、命の保証のない旅である。

主人公は船団を組織し、男たちを雇い入れるが、そんな危険な旅に加わろうというのはろくな男たちではない。すべてわけありの連中で、特に顔に火傷《やけど》の痕《あと》のある葉村という青年は最も優秀ではあるが、まったく油断がならない。こんな男たちと共に、周囲に敵を控えた無政府状態の三千キロを往復するのだから、まさに波瀾万丈、息をのんで読み続けずにはいられないのだ。

生島さんはぼくよりひとつ年上、昭和八年に上海で生まれていて、十二歳で引揚げてきた。そんな彼の書いた作品だから中国には詳しく、星新一などは「彼以外の作家には逆立ちしたって書けなかっただろう」と言っていた。だがこの作品、直木賞候補になりながら文学性に言及されて落選しているのだ。ぼくが直木賞選考委員の資質に疑問を抱いたのはこれが最初である。直木賞で娯楽性の質の高さを評価しないでどうするんだ。

この年の暮に早川書房から出版された『48億の妄想』はぼくの最初の長篇で、「疑似イベントによる戦争」というテーマをさらに拡大させた作品だった。何作か一人称で書き続けてきて、ある程度文章に自信もできてきたぼくは、これを三人称で書いた。いつまでも一人称でもあるまいと思ったからである。これも評判がよく、ぼくは安心した。生島さんも読んでくれて、編集者の血が騒いだらしく、「貴方は鞭《むち》を入れれば入れるほどよく走る馬です」という手紙をくれた。その後彼とはお互いの家の中ほどにある、青山通りに面した喫茶「レオン」でしばしば逢うことになる。

リースマン『孤独な群衆』

加藤秀俊訳では一九六四年以来、みすず書房から刊行して版を重ねている。

この時期、『幻影《イメジ》の時代』で味を占めたぼくは社会科学の本を読み漁っている。まさに社会科学本の当り年が続いていたし、すべてが作品に役立ったのだ。フロム『自由からの逃走』、ダニエル・ベル『イデオロギーの終焉』など、『幻影《イメジ》の時代』と同じく東京創元社の現代社会科学叢書も読んだが、みすず書房から出た加藤秀俊訳のリースマン『孤独な群衆』もまた、ぼくのアイディアを豊かにしてくれたすばらしい本だった。

リースマンは人間の社会的類型を、経済発展の段階に応じて三種類に分類している。工業化の波に洗われていない社会では、血縁的な絆で結ばれている個人は伝統に服従する。社会的慣行が制度化され、定型化され、安定傾向を示しているので、生活は改革ではなく適応によって維持される。こうした同調性を持つ性格的類型は伝統指向型と呼ばれ、今でも全人類の半数以上、世界の大部分がこうした未開の、高度成長潜在的な段階にあるとされる。

次いでルネッサンス、宗教改革、産業革命などの過渡的成長期がやってくる。この社会では、伝統指向型社会でなら年長者によって伝統を守るよう植えつけられた幼少年期に、内的な方向づけという起動力が植えつけられる。まったく新しい状況の中では、個人の選択は剛直で個性化された性格によって解決されねばならないからだ。伝統の規制が緩むに従って、より開かれた社会に適合する心理的メカニズムは、ジャイロスコープ型と呼ばれる。両親や権威によって植えつけられた内部指向を羅針盤の針路上に乗せておき、伝統が立ちはだかっても意に介さず、進路を崩さないこうした性格類型が内部指向型である。この人たちは自分自身の人生を自分で統御する感覚を持ち、子供たちにも、それぞれに人生を切り開いて行くのだと教える。これらは旧中産階級、例えば銀行家、商人、中小企業家、専門的技術者の典型的な性格である。

次いで物質生活の豊かな時代がくる。労働時間は短くなり、レジャーが増え、マスコミが発達すると、その影響で外界と自我の関係は変化し、他人指向型の社会類型が現れる。個人の方向を決定づけるのは同時代人で、親は子供の仲間づきあいを気にする。人が自分をどう見ているかをこんなにも気にした時代はなかったし、他人の行為や願望に対する驚くべき感受性を持つ個性もこれまではなかった。これらアンテナ型は特に官僚や企業のサラリーマンの典型的性格だが、現代ではアメリカの大都市の、若い、上層中産階級に見られる類型だから、これがアメリカ全体の主導権を得るのは時間の問題であろうという。

この本はアメリカでも大きな反響を呼んだし、当時は日本でも内部指向型、他人指向型という言葉が流行した。結果、自分が他人指向型であるのを恥じるような反応が多かったことには著者も驚き、柔軟性そのものは悪徳ではないと日本版への序文で言及している。だが「ＫＹ」などという流行語の出現によって、やはり日本における悪しき他人指向型の増大はほぼ確実であろうと思えるのだ。

川端康成「片腕」

一九六五年、新潮社から短篇集として刊行。現在はちくま文庫や、『ものがたりのお菓子箱』（飛鳥新社）にも。

凄い評判になっているので、新潮社発行のこの短篇集を買ってきて読んだ。やはり表題作が凄かった。

「片腕を一晩お貸ししてもいいわ。」と娘は言った。そして右腕を肩からはずすと、それを左手に持って私の膝においた。

新感覚派の面目躍如たる発端であろう。だがここまでならファンタジイずれしているぼくにとってさほどの話でもない。感心したのはシュール・リアリズムを日本の感性で書いていることである。また特に驚いたのは、心おどりに上気しながら娘の右腕を雨外套《あまがいとう》のなかにかくして、もやの垂れこめた夜の町を歩く「私」に、近所の薬屋の奥から聞こえてくる以下のようなラジオの天気予報だった。

ただ今、旅客機が三機もやのために着陸出来なくて、飛行場の上を三十分も旋回しているとの放送だった。こういう夜は湿気で時計が狂うからと、ラジオはつづいて各家庭の注意をうながしていた。またこんな夜に時計のぜんまいをぎりぎりいっぱいに巻くと湿気で切れやすいと、ラジオは言っていた。私は旋回している飛行機の燈が見えるかと空を見あげたが見えなかった。空はありはしない。たれこめた湿気が耳にまではいって、たくさんのみみずが遠くに這うようなしめった音がしそうだ。ラジオはなおなにかの警告を聴取者に与えるかしらと、私は薬屋の前に立っていると、動物園のライオンや虎や豹などの猛獣が湿気を憤って吠える、それを聞かせるとのことで、動物のうなり声が地鳴りのようにひびいて来た。ラジオはそのあとで、こういう夜は、妊婦や厭世家などは、早く寝床へはいって静かに休んでいて下さいと言った。またこういう夜は、婦人は香水をじかに肌につけると匂いがしみこんで取れなくなりますと言った。

さすが東京帝國大學文學部、シュール・リアリズムの精神をよくぞここまで日本に写し変えたものだとぼくは嘆息した。現実と非現実すれすれのはざまで勝負していて、踏み出し過ぎることがない。この芸当を学ばねばと思い、以後これはファンタジイを書くときのぼくの目標となった。のち「ヨッパ谷への降下」という短篇でぼくは川端康成文学賞を貰うのだが、これはほんの少しでも「片腕」の境地に近づいていた筈だとぼくは自負している。

この頃ぼくは学研の「中三コース」に「時をかける少女」というジュヴナイルを連載していて、年度が替り「高一コース」にまで持ちあがって続けていたのだが、この中篇はこれまでにアニメを含め四度、映画化されている。しかし川端康成「伊豆の踊子」はぼくの知るだけでも六度、映画化されていて、とても及ぶところではない。主演の踊子はそれぞれ田中絹代、美空ひばり、鰐淵晴子、吉永小百合、内藤洋子、山口百恵である。そしてぼくが「片腕」を読んだ三年後、川端康成はノーベル文学賞を受賞した。ぼくが一度だけ、文藝春秋の忘年会でお見かけしたのもその頃だった。

オールディス『地球の長い午後』

一九六七年刊行、七七年ハヤカワ文庫になり版を重ねている。

この作品は最初「S‐Fマガジン」の昭和四十年二月号に「終りなき午後」のタイトルで冒頭部のみ掲載され、ほどなく同じ伊藤典夫訳で早川書房から長篇として出版された。アメリカではSF誌に短篇として分載されたのでヒューゴー賞を短篇部門で受賞している。J・G・バラードと並ぶイギリスのニュー・ウエーヴSFの旗手としてこの作家の名は以後、ぼくの記憶に焼きついた。読み終えて、これはぼくが書くべき小説ではなかったかと思ったのである。

遠いはるかな未来、月の引力が次第に地球の自転を遅らせ、やがて地球は永遠に片面を昼、片面を夜にしたまま停止する。月は地球の衛星ではなくなり、同じ面を地球に向けたまま運行する惑星になった。月と地球の間には、二十億年もの時間をかけて一本のベンガルボダイジュが伸び、それに別のベンガルボダイジュがからみつき、寄生植物が根づきながら月と地球を結びつけた。今や地球と月の間にはさまざまな植物が巨大な束となり、ふたつの天体の架け橋となっている。その森の中にはヒカゲノワナ、ハネンボウ、トビエイといった、なかば動物化した食虫植物が跋扈《ばっこ》していて、動物といえば数種類の逞《たくま》しい昆虫と僅《わず》かな人間だけである。さらにクモ植物というべきツナワタリが月と地球に巣を張りめぐらして網をかぶせ、無数の糸で気ままに往復しているのだ。地球に住めなくなった人間たちは虚弱になり、その森の中で枝や蔓《つる》を伝って移動し、生活している。さらにはこの人間たちの子供を攫《さら》っていく、羽根の生えた鳥人という奇妙な人間もいる。これはそうした人間たちの物語であると共に、あらゆる奇妙な生物たちの物語でもある。

ぼくはそのSF的想像力の限界に挑もうとする勢いに圧倒された。しかし動物学者の子であるぼくには生物たちの生態や生態系が詳しく書かれていないことが不満だった。いずれこのような作品を書いてやろうと思っていたのだが、生態学の本などを読んで勉強した末にそれが実現したのは約十年後、短篇「メタモルフォセス群島」と中篇「ポルノ惑星のサルモネラ人間」によってであった。

この頃は第二長篇『馬の首風雲録』を早川書房から上梓し、「S-Fマガジン」に短篇を発表し続けていた。その短篇のひとつ「ベトナム観光公社」が読売新聞の文藝時評に取りあげられた。無署名だったが、これが丸谷才一によるものであったということを人から教えられて、のち銀座のクラブでお目にかかった時にご本人から直接確認を得ている。丸谷さんに褒められたお蔭で、中間小説雑誌から原稿の依頼が来るようになった。最初に来たのがのちに「小説新潮」の編集長となり重役にもなった横山正治《まさはる》である。さらに「オール讀物」「小説現代」などからも立て続けに依頼があり、ぼくは突然忙しくなった。神宮前三丁目の建売住宅に引越したのもこの年だ。

「ベトナム観光公社」は翌年一月に直木賞候補となったが、落選した。受賞作は野坂昭如「アメリカひじき」「火垂るの墓」と、三好徹《とおる》「聖少女」であった。

ちくま文庫の「つげ義春コレクション」(1)、青林工藝舎の「改訂版 ねじ式 つげ義春作品集」に収録。

つげ義春「ねじ式」

月刊漫画誌「ガロ」は全共闘世代を中心に根強い人気のあった雑誌で、ぼくも愛読していた。昭和四十三年の六月に出た「つげ義春特集①」という増刊号掲載の「ねじ式」は多くの読者に衝撃を与えたが、ぼくもまた仰天した。悪夢のようなシュール・リアリズムの世界がそこにあり、しかもそれは小説ではとても表現できない作品だった。

海辺に泳ぎにきたぼくは、メメクラゲに腕を嚙まれてしまい、切断した静脈から出血し続ける。漁村で医者を探すが、誰からもはかばかしい答えはない。隣村へ行こうとしてレールの上を歩いていると、狐のお面をつけた子供の運転する機関車がやってくるので乗せてもらう。しかしその列車は来た方へ走り、もとの村に戻ってきてしまう。狭い路地裏に大きな機関車が轟音《ごうおん》を立てて入ってくる場面はすばらしい。洗濯物の乱立や天狗堂《てんぐどう》の看板や楽隊など、話の進行や科白と無関係な、または大きくズレている絵が描かれていたりする画面が不条理感を盛りあげる。

ぼくは「テッテ的」に村中を捜すことにするが、村にあるのは目医者ばかりだ。金太郎アメを作っているおばあさんは、もしかするとぼくのおッ母さんかもしれないのだが、おばあさんは泣きながら「これには深ーいわけがあるのです」と言うだけである。金太郎アメの製法の秘密は切り口のデザインが桃太郎になっていて、それでも実は金太郎というところにあると言うそのおばあさんに教えてもらい、ビルの廃墟でやっと見つけた産婦人科の女医は、座敷で酒を飲みながら、ここは男のくる所ではないと言う。この座敷の庭は海になっていて、そこでは日本海海戦をやっている。この場面こそがこの漫画の最もシュールな場面として読者の記憶にいちばん強く残るものだろう。女医さんはぼくにお医者さんごっこをしてくれる。そして彼女はぼくと全裸でからみあいながらレンチで「シリツ」をしてくれ、ぼくの腕から出た血管には水道の蛇口がとりつけられる。女医さんは「そのねじは締めたりしないで下さい。血液の流れが止まってしまいますから」と言う。ラストはモーターボートで海上を走っていくぼくの科白で終る。「そういうわけでこのねじを締めるとぼくの左腕はしびれるようになったのです」

これはのちに、作者が見た夢をそのまま描いた作品であるという話を何かで読んだが、もしそうであるなら「夢をそのまま描いても芸術作品になり得る」というぼくの卒業論文の趣旨は正しかったことになる。夢の力というのはなんと凄いものだろう。これ以後ぼくは夢をそのまま、あるいは脚色して書くことを恐れなくなり、取材に来た大阪の編集者から「夢を小説に書くなんて、わたしに言わせればずっこい（狡《ずる》い）」と言われた時も「ぼくに言わせれば現実をそのまま書く方がずっこい」と言い返している。

この年の七月には「オール讀物」に書いた「アフリカの爆弾」が直木賞候補になっているが、またしても落選。そして八月には長男・伸輔が生まれている。

『英米ホラーの系譜』（ポプラ社）に「アウルクリーク橋でのできごと」（野沢佳織訳）として収録。

ビアス「アウル・クリーク橋の一事件」

青山通りに面した草月会館では時どき芸術的な短篇映画の上映会を催していた。ここで見た「ふくろうの河」という短篇映画にぼくは感心した。原作がアンブローズ・ビアスであると知り、ぼくは早速岩波文庫から出ているビアスの短篇集『いのちの半ばに』を読んだ。訳者は西川正身《まさみ》で、この人の訳した『悪魔の辞典』は学生時代に読んでいたのだがひどい抄訳で、おまけに面白くなかったから、以来ビアスとは無縁だったのだが、この作品でビアスを評価するようになった。残念ながら短篇として凄いのは「ふくろうの河」の原作「アウル・クリーク橋の一事件」だけだった。それでもこの作品ひとつでビアスは文学史に残る作家になり得ている。

南部の富裕な地主だったペイトン・ファーカーは南軍のために何か武勲を立てようとしていた。そこへ南軍の兵士がやってくるが、実はこれが北軍の斥候だった。彼の言葉に騙《だま》されてペイトンは北軍の列車を妨害しようとし、捕まってしまう。

映画はここから始まる。ペイトンは自分が燃やそうとしたアウル・クリーク鉄橋から吊《つ》るされようとしている。手首は背中でくくられ、首にはロープが巻かれている。そして二十フィート下の奔流へと突き落とされる。しかしロープが切れ、彼は流れに落ち込む。両手の細紐を解き落し首のロープをはずして彼は水面に浮かびあがった。橋の上からは男に向けて一斉射撃が行われるが、彼は水に潜り、遠く川下に流れつく。

映画ではここから歌声が入る。男の眼に映じる川岸の樹木の一本一本、その木の葉にすがる昆虫類、蜻蛉《とんぼ》の羽音などに重なり、生きていることの素晴らしさと生命の讃歌が歌いあげられるのだ。森に逃げ込んだ彼は、妻や子のいるわが家めざして歩きはじめる。そしてわが家の前に立つ。あたりは男が出かけた時のまま。朝日の光の中で一切のものが明るく美しい。門を開いて入ると妻が立って待ちうけている。「ああ、なんと美しいことか。両手をさしのべて、彼はおどりよった。そして妻を抱きしめようとした。その途端、首筋に目も眩むような激しい打撃を感じた」「ペイトン・ファーカーは死んだ。首の挫けた彼の死体は、アウル・クリーク橋の横木の下で、ゆるやかに右へ左へと揺れていた」

映画のラストシーンを見て、ぼくはあっけにとられた。死の瞬間というものをこれほど鮮明な残酷さで捉えた作品は他にないのではないか。ぼくはのち、岩波新書から

『短篇小説講義』という本を出して何篇もの短篇の傑作を紹介しているが、その中の一篇がこれであり、ぼくはこのように紹介している。「人間心理が『死』というテーマと『結末の意外性』によってくっきりと浮かび上がり、そこには人間を見るアンブロウズ・ビアスのいつもの皮肉な視点もちゃんと備わっている」つまりはもはや誰が真似をしようとしても盗作にしかなり得ない、どうしようもない傑作なのだ。さらにのち、ぼくは以前失望した『悪魔の辞典』の復権をめざし、面白い完訳をと努力して、ついに上梓《じょうし》することになる。

一九六八年五月八日号「カラーコミックス」（河出書房）創刊号掲載。

東海林《しょうじ》さだお「トントコトントン物語」

「カラーコミックス」誌に掲載されたこの「メチャメチャ漫画」という副題のつく短篇漫画は、まさにそのメチャメチャゆえに抱腹絶倒、他のナンセンス漫画を寄せつけぬ秀作であった。この作者にしてこれ以上の作品はまず描けないであろうと思わせる迫力と凄みがあった。わが私淑する飯沢匡がぼく同様にこの漫画を高く評価して、「釘」というタイトルのシュールな作品に劇化したことはぼくに、わが意を得たりと思わせたものだ。

釘を打たせてくださいと言って男がやってくる。そんなこと頼んだ憶えはないがと首を傾げる家族を尻目に、男は壁に釘を打ち、サービスにもう一本、どかーんとでかい釘で卓袱台《ちゃぶだい》を畳に縫いつけてしまう。次の家では畳一面に釘を打ちまくって林立させ、さらにテレビを巨大な釘で床に縫いつける。驚く家人の顔が笑顔に描かれているのも凄いところである。男は自家用車を洗っている若い夫婦のところへやってきて、釘を打たせてくれと言い、知らない人には逆らわない方がいいと妻が言うので夫が生返事をするのをいいことに、ボンネットの上からでかい釘を打ち込み、車を地面に縫いつけてしまう。これにはさすがに夫婦も怒って、逃げ出した男を車で追おうとするが、あいにく車の前部に釘が打たれているので、車体後部が浮きあがり、さかさまに引っくり返ってしまう。さかさまになったままで男を追う車を警官が見咎め、車をさかさにして走らせてはならぬと言って追う。さらにこれをもう一人の警官が「車をさかさにして走らせてはならぬという規則はない筈」と注意する。ふたりは電話で確かめることにし、天気予報を聞く。明日は晴れるという予報に、わが子の遠足が明日だというので警官は喜ぶ。

卓袱台に釘を打たれた家の主人が、なんでこんな目に遭うのかと考え込んでいると、さっきの警官がやってきて、またしても電話で確かめようと、天気予報を聞く。明日は晴れというので、明日はわが子の遠足だと主人が喜び、警官とふたり、「話が合ったら手を叩こう」と踊りはじめる。横で主婦がパンパンと手を叩いている。彼方では金槌《かなづち》を担いだ男を、さかさになった車が追いかけている。

文章で書いてもこの面白さは伝わるまい。これもまた漫画でしか表現できない笑いだった。しかしこれ以後ぼくはこれに並ぶほどの笑いを文章で表現しようと努力することになる。残念ながらまだこれほどのナンセンスな笑いの実現には至っていない。

この時代はまさに中間小説雑誌の全盛期だった。「オール讀物」「小説新潮」「小説現代」に加えて「別冊文藝春秋」「問題小説」「小説宝石」「小説サンデー毎日」「小説セブン」「小説エース」さらに各誌の別冊などを加えて月十誌にも及び、ぼく以後に若手がしばらく登場しなかったので、遅筆のベテラン勢の穴埋めでそのほとんどに書かされている。短篇集六冊、ジュヴナイルを含めて中短篇集四冊、童話集一冊、童話一冊、長篇三冊を出していながら、誘われれば夜遊びにも出かけていたのだから、よくまああの修羅場を乗り越えたものだと感心する。

ローレンツ『攻撃』

日高敏隆《ひだかとしたか》、久保和彦訳で一九七〇年みすず書房から二冊で刊行、八五年、新装版が一冊で刊行。

みすず科学ライブラリーという叢書は生物学関連の本を多く出していて、G・R・テイラーの『人間に未来はあるか』もその一冊だった。これが面白かったのでその翌年に同じ叢書から出たローレンツ『攻撃』を読み、この本がもとでぼくは人間の攻撃性についていろいろ考えることになる。その後『攻撃』は大評判になり、さまざまに評価された。訳者の日高敏隆氏とはのちにおつきあいができ、家族ぐるみで親交を深めることになった。

『ソロモンの指環』というすばらしい動物物語の著書もあるローレンツの文章は文学的で、しかも生物学者以外の者にもたいへんわかりやすい。『攻撃』ではまず、珊瑚《さんご》礁《しょう》に棲む多彩な魚たちが、同種の魚のみを攻撃し、違う種類の魚はいかに過密状態であっても攻撃しないことを述べる。そして捕食する者と獲物との関係は常に平衡状態にあるため、これは闘争ではなく、ダーウィンの言う「生存競争」つまり進化を推し進める闘争というのは、同種間の競争のことであると言う。つまりローレンツの言う攻撃とは、同種の者に対する攻撃のことなのだ。種内闘争が、現在人類のおかれている状況の中でもっとも重大な危険である故に、著者はその要因を追究しようとしているのである。

攻撃衝動は本来、種を保つためのれっきとした本能であるゆえに危険きわまりないのだが、次に著者はカモの仲間の雌による、危険のない儀式的な攻撃をとりあげている。この儀式という動作が新たな本能動作となり、敵がいない場合にも習慣的な動作となるのである。儀式の持つ攻撃を抑える作用には、人間の場合パイプに火をつけるというインディアンの話しあいの場での行為がある。自分の知人たちが、内的葛藤のある時に煙草に火をつけることもこれに似た行為であるとローレンツは言う。喫煙者に対する種内攻撃はまた、他の文化に対する攻撃でもあろう。一方にとって神であるものが、他方にはいっさいの悪の根源と見てとることになりがちであり、儀式の犯しがたさこそが最高の価値なのに、それが人を破滅させもする。宗教戦争はあらゆる戦争のうちの最も忌むべきものだと著者は言っている。

次いでモラルに類似した動物たちの行動にふれたあと、攻撃や威嚇に非常によく似た、複雑な要因の和平の儀式を行う主に鳥たちの行動を紹介する。そしていよいよ、動物の攻撃的行動のうちで人間にも当てはまるものがないか、そうした衝動から生まれる危険を防ぐ手がかりはないかと考えている。

ここで著者が、ネズミの場合は大量殺戮のあとでもまだ種を保存するだけの数は残っているが、水素爆弾を使ったあとの人類にとってそれは疑わしい、つまり遠距離の武器の発達によって人間の残虐行為の結果は感情に届かなくなると言っていることにはいささかの飛躍があると思えるものの、スポーツという儀式化された闘争、さらには非政治的な芸術、そして科学的真理、最後に、今まであまり重要に考えられてこなかった「笑い」に救いを見出そうとする結論は実に重大な示唆に満ちている。

ル・クレジオ『調書』

一九六六年に新潮社から刊行(豊崎光一《とよさきこういち》訳)。二〇〇八年に新装版も。著者二十三歳の時のデビュー作。

「小説現代」の担当者だった小島香がぼくに言った。「筒井さんはル・クレジオみたいな作家だと宇能鴻一郎《うのこういちろう》さんが言っていましたよ」東大出で芥川賞作家の宇能鴻一郎が言うのだから確かだろうと思い、さっそくその作家のデビュー作『調書』を読んだ。のちにノーベル文学賞を受賞することになるこの作家の作品を以後ぼくは『発熱』『戦争』『大洪水』と次つぎに読み続けることとなる。

アダム・ポロは自分が脱走兵なのか精神病院を脱け出してきたのかよくわからないままに、海岸近くの誰のものかもわからぬ留守宅に入り込み、この男にしては上出来の女友達ミシェールから時おり千フラン、二千フランの金を貰って無為徒食の生活を送っている。小説の大部分は彼の思考やノートや手紙で、それは彼の宇宙的な巨視的視点、分子レベルの微視的視点、小児的な突拍子もない連想の飛躍による世界観である。そんな意識のままに彼は浜を歩きまわり、観光客の女と話したり、バーでアメリカ人の水兵と話したり、住まいにやってきたミシェールと話したり、動物園に行ったりする。

「彼は午後の残った時間を、動物園の端から端まで歩きまわったり、檻の中にいるいちばん小さな住民どもの仲間入りをしたり、蜥蜴《とかげ》やはつかねずみや鞘翅《しょうし》類やペリカンと自分を混同したりして過した。彼は一つの種に仲間入りをする最良の方法はその雌といっしょに寝たいと思うのにつとめることなのを発見していた」

このように彼はあらゆる有機物無機物と自分を同化させながら、黒い雄犬のあとを追ってそいつが美しい雌犬と交尾するのを眺めたり、家の中で見つけた白ねずみに自分を同化させて虐殺したり、引き揚げられた溺死者を見に行ったりする。

この小説はさまざまな技法に満ちている。詩の挿入、溺死者を見にきた連中の名前と職業の羅列、買物リスト、見せ消《け》ち（文章の上から直線を引いて抹消したことを表現する技法）、文章のくり返し、新聞紙面、空白などである。物語は次第に盛りあがりを見せ、ミシェールがアメリカ人観光客と話しているところへ行ってしつこく金をせびり、アメリカ人に殴られ、久しぶりに家族に出した手紙に対する母からの恨みや叱責や愛情に満ちた長文の返事を読み、その直後海岸で野次馬たちを相手に演説をぶって警察に捕まる。新聞紙面というのはこの演説のいきさつを報じた新聞の他の記事も混えた紙面のことである。アダムは精神病院に入れられてしまう。最後、主任医師と共に彼を観察に来た医学生たちと対面する場面にはたいへんな迫力がある。たいていの作家が感情移入するであろうこのアダム・ポロの物語『調書』はしばらく絶版だったが、作者のノーベル賞受賞で同じ豊崎光一の訳、同じ新潮社から新装版として刊行された。それにしてもなぜ宇能さんはこの作家がぼくに似ているなどと言ったのだろう。もしかしたら出版されたばかりのぼくの長篇『脱走と追跡のサンバ』あたりを読んでのことだったかもしれない。

阿佐田哲也『麻雀放浪記』

一九六九年、双葉社から刊行。
二〇〇七年より文春文庫に。

「頼むから、筒井にだけは博奕《ばくち》を教えないでやってくれ」ぼくが阿佐田哲也こと色川武大としばしば一緒に飲んでいることを知って心配したわが親分の小松左京は、この麻雀の神様にそう頼んだという。のめり込みやすいぼくの性格を知っていたからだろう。麻雀はつきあい程度に知っていたが、とてもプロとつきあえるほどのものではなく、だから彼と麻雀をしたことは一度もない。

色川武大と知りあうだいぶ以前から阿佐田哲也名義の『麻雀放浪記』は愛読していた。ほんの少し麻雀を知っているだけでもこれは面白かった。不良っぽい少年時代を過してきたぼくにとって、作者の分身ともいえる主人公の「坊や哲」には容易く感情移入することができたし、頻出する牌《パイ》活字にはこの異様な小説世界を象徴する異化効果があった。まさにこれは白浪《しらなみ》物の伝統を受け継いだ現代日本における悪漢小説の最高峰である。登場人物の個性が素晴らしく、博奕打ちのさまざまな典型が活写されている。青春篇、風雲篇、激闘篇、番外篇と続く大長篇、さらには『新麻雀放浪記』『外伝・麻雀放浪記』『ドサ健ばくち地獄』などをぼくは一気に読んだ。

敗戦直後、中学を出た阿佐田少年は就職もせず、上野周辺を彷徨《ほうこう》している。そんな彼から金を奪おうとしたのは昔勤労動員で一緒の工場にいた片腕の博奕打ち上州虎《じょうしゅうとら》だった。この男につれられて少年は賭場に行く。そこでドサ健という洒落者の青年に出逢う。このドサ健とともに進駐軍のクラブへ行き、美貌のママに才能を認められ、坊や哲、と呼ばれるようになり、さらに出目徳《でめとく》という昔気質の博奕打ちから積み込みなどのイカサマの手法を教えられる。青春篇は坊や哲の博奕打ちとしての成長物語だ。

無頼の美を備えた戦後派のドサ健、古いタイプの博徒上州虎、魔術師のようなプロの出目徳、これらが互いに組んだり裏切ったりの修羅場の連続が息もつかせない。入会金の二百円を渡してしまって無一文のまま外人クラブで麻雀を始めるというスリル、ママと組んで白人たちからせしめた大金を逆に拳銃で脅されて巻き上げられたり、ドサ健にいたっては女の持つ不動産の登記書を賭け、ついにはその女を女衒《ぜげん》の達という博奕打ちに売ったりする。そしてとどめは九連宝燈《チューレンポウトン》を自摸《ツモ》る直前に死んでしまった出目徳から何もかも剝ぎ取り、その横で麻雀を続けたあと、死体を彼の家の前の溝に投げ込んで去るという、まさに血も涙も神も仏もない世界。この青春篇は和田誠がみごとに映画化している。

最後の番外篇は、仲間と場から逃げ出したドサ健が雑木林の中にひとり立ち、はぐれた仲間たちの名を呼ぶという、まるで山中貞雄の世話物映画のラストシーンのような哀感に満ちた場面で終る。この作品に刺戟を受け、ピカレスクロマンを書こうとして、ぼくは引越したばかりの神戸・垂水の新居で『俗物図鑑』を書くことになるのだ。その前に出版した『家族八景』は三回目の直木賞候補になったがまたまた落選。受賞したのは井上ひさしの『手鎖心中』だった。

新田次郎『八甲田山死の彷徨』

一九七一年、新潮社から刊行。七八年、新潮文庫になり、二〇一五年五月で九十三刷を数える。

処女作「強力伝」以来の愛読者だったが、この長篇こそが新田次郎の最高作だろう。のちに映画化されたものの、原作のコクには到底及ばぬものであった。お人柄同様、一歩一歩積みあげていく篤実な作風であり、それが悲劇の結末にじりじりと向かう展開をただならぬものにしている。発表されてしばらく後に、感激して何かで褒めたことを、文壇バー「眉」でお目にかかった新田さんから感謝されたりもした。

青森の歩兵第五聯隊《れんたい》と弘前の歩兵第三十一聯隊は、その中間にある八甲田山で雪中行軍をやることになる。時は日露開戦前夜、それに備えての厳寒期の訓練であり、装備などの実験行軍だった。第五聯隊は神田大尉に率いられて青森から弘前に向かい、徳島大尉の率いる第三十一聯隊は同時に弘前を出発して青森に向かう。どちらも八甲田山を踏破し、途中ですれ違うことになる。

上手いなあ、と思うのは、踏破に成功した徳島大尉の隊から書きはじめていることだ。できるだけ少人数におさえた小隊を組み、雪地獄の中を中間地点までやってきたのだが、すれ違う筈の神田隊はまだやってこない。実はこの時すでに神田隊は遭難していたのである。次いで第二章の「彷徨」に移り、神田隊の出発から書き起されるのだが、ここまでくると徳島隊の辛苦を知っているだけに、さあどんな悲劇が待ち構えているのかと、もはや冷静には読めなくなってしまう。これこそ第一級のエンターテインメントの技と言える。

　第五聯隊は総員二百十名の大部隊になってしまっていた。神田大尉の上官、山田少佐が随行すると言い出したため、将校だけでも十名となったのだ。ところがこの山田少佐、山のことはまったく知らないのに、案内しようという村人を金が目的だろうと言って追い返したり、勝手に何度も先頭を交代させ、行軍が遅れるから橇《そり》隊の積んだ荷物を各兵員に担がせたいという神田大尉の進言を退け、彼を偵察のために中隊より先行させたりする。神田大尉はいかなる無茶でも上官の命令には従わざるを得ず、つまりは命令系統の甚だしい混乱となり、この作品は一種の組織論の趣を呈するのだ。いよいよ遭難しそうになってからも少佐は、この道なら知っているという部下の言葉を信じて予定を変更し、ますます間違えた道に踏込んで行くのである。その結果は、生還後自決した山田少佐も除外すれば生存者十一名という歴史的大惨事になった。

兵士たちがばたばたと倒れていく凄惨さは鬼気迫るが、中でも突然笑い出して雪中素っ裸になり凍死していく者が出るくだりは無気味だった。作品には書かれていないが、正気を失っただけでこんなことになるだろうかと思ってあとで調べたところでは、どうやら急激に体温が大きく下がると人間は暑く感じるらしい。ともあれ作者二十年来のテーマだったという実際の事件を徹底的に調査してここまでの作品に仕上げた新田さんの根気と努力にはつくづく頭が下がる。ぼくにはとても及ばぬ種類の、作家としての崇高な営為だ。

山田風太郎『幻燈辻馬車』

一九七六年、新潮社から刊行。文春文庫、河出文庫、ちくま文庫などに。現在は図書館か古書で。

二〇一〇年、山田風太郎賞という文学賞が新たに設けられてぼくが選考委員に選ばれたことは風太郎さんとぼくの浅からぬ因縁ゆえだろうか。彼とぼくはどこかの書評欄に書いたのがきっかけだったと思うが、いつからともなくお互いを認めあっていて、文庫の解説を書いたりお願いしたりした。お目にかかる機会は一度もなかったものの、お互いの著書はよく読んでいたと思う。ぼくは忍法帖以前から「陰茎人」などのナンセンス作品を愛読していて、忍法ものがすべて含まれている全集も持っていた。そんな彼が新たに書きはじめた明治ものは、たちまちぼくを夢中にさせた。中でも最高傑作と思えたのがこの『幻燈辻馬車』である。

もと会津藩士の干潟干兵衛《ひがたかんべえ》は、西南の役で戦死した息子・蔵太郎の遺児である孫娘のお雛《ひな》を馭者台の横に乗せて辻馬車を走らせている。時は自由民権運動で世相が波乱含みの明治十五年。物騒な自由党の壮士たちが跋扈する東京で、干兵衛とお雛はさまざまな事件に遭遇し、巻きこまれる。だが、馬車が無頼の群れに囲まれてあわやという時、お雛が鈴のような声で「父《とと》！」と叫ぶと、血みどろの軍服姿で蔵太郎の幽霊が現れ、白刃をひっさげた物凄い姿で馬車の前に立つのだ。これにはたいていの者が驚き、逃げてしまう。

干兵衛の妻のお宵は会津で官軍の隊長に犯され、自害したのだが、その幽霊も出てきて干兵衛やお雛を助けてくれる。辻馬車を営みながら干兵衛はその仇を見つけ出して討とうと考えている。さらには蔵太郎と契りを交してお雛を産み、姿を消したお鳥という女も探さなければならない。そんな老爺《ろうや》と孫娘の行く先ざきでかかわりを持つのが、明治の著名人たちだ。大山巌、中江兆民、徳富蘇峰、田山花袋、坪内逍遙、森鷗外、三遊亭円朝、松旭斎天一《しょうきょくさいてんいち》、川上音二郎と貞奴、花井お梅、嘉納治五郎、さらには武男と浪子のモデルとなった少年少女までが登場する。魚河岸の鮨屋の奥で両側に芸者を侍らせて一杯やっているのが伊藤博文であったりするから笑ってしまう。これほどのスケールではないものの、ぼくも風太郎さんの以前からのこの手法に倣って、表具屋幸吉を描いた「空飛ぶ表具屋」では江戸末期の有名人、平賀源内、杉田玄白、前野良沢、蜀山人こと大田南畝、青木昆陽を登場させている。

これは壮大な明治ロマンである。江戸情緒を残した東京を纏綿《てんめん》と描いてうっとりとさせるものがあり、まさに奇想天外、絢爛《けんらん》豪華、この時期の風太郎さんの他の作品『明治波濤歌』『警視庁草紙』などの中でも最も成功したものと思う。もと相馬藩の儒者・晩香《ばんこう》老人と共に革命軍を助けようと、死を覚悟し、爆裂弾を辻馬車に乗せて走るラストはみごとである。

これを映画化しようとしたのは、ぼくの「ジャズ大名」を映画化してくれた鬼才・岡本喜八監督であり、すでにシナリオも完成していて、友人の山下洋輔が音楽を担当することまで決定していながら急逝されたことは残念でならない。

第五章　新たなる飛躍　一九七七年〜

コルタサル『遊戯の終り』

一九七七年、国書刊行会から刊行。九〇年に新装版も。古書か図書館で。現在は『遊戯の終わり』として岩波文庫から。

国書刊行会から出ていたラテンアメリカ文学叢書の、ぼくが読んだ最初の一冊が木村榮一訳、フリオ・コルタサル『遊戯の終り』だった。この短篇集はまさにぼくの当時の文学的思考を実現させたものだった。短篇のそれぞれがぼくの考えのそれぞれを表現していた。それまでの小説にはない奇妙な考え、しかもぼくと同じ考えを持っている南米の作家の存在はぼくを驚かせた。

現実の中に夢が侵犯してくる「河」「水底譚」「夜、あおむけにされて」などは、まさにぼくが以前から思っていた夢の芸術的価値を証明していた。「河」では、「セーヌ河に身投げしてやるわ」が口癖の愛人と寝ていた主人公は、覚醒してみると今まで夢うつつの中で抱きしめていた愛人がすでに溺死していることに気づく。「水底譚」では、夢の中で主人公の見た溺死体が、実は自分の溺死体であったことを知る。「夜、あおむけにされて」では、病院にいる主人公が、モテカ族の戦士となり、何度も処刑されるに至る夢を見るうち、本当に処刑されそうになってやっと、実は病院にいる方が夢であったと気づく。このテーマではぼくもすでに「だばだば杉」など何篇もの短篇を書いていたし、のちに長篇『パプリカ』を書くことにもなるのだ。

現実と虚構の対立というテーマもぼくが以前から考えていたことだった。「続いている公園」では、殺人を犯そうとして公園から走り出た男の話を読んでいる主人公は、公園から走り出て家の中に入ってきたその男に背後からナイフで殺されてしまう。「誰も悪くはない」では、なかなかセーターが脱げなくて苦しんでいる主人公がついにセーター相手に大立回りを演じた末、自分の手が反逆しているという妄想に駆られて十二階の窓から飛び出してしまう。「殺虫剤」や「いまいましいドア」などもやはり主人公たちの妄想が現実を侵犯し、「山椒魚」では水族館のアホローテに魅せられた主人公が、ついには自分を見つめている少年をガラスの内側から眺めるに至る。こうした作品に刺激を受け、ぼくは「野性時代」誌に「虚構と現実」というエッセイを連載し、のち、それを作品化した「虚人たち」という作品を「海」に連載することになる。当時の「海」の編集長は故・塙嘉彦《はなわよしひこ》であり、彼は大江健三郎の示唆を受けてぼくに原稿を依頼してきたのだった。

これまでの、現実と夢との対立では夢が勝ち、現実と虚構では必ず虚構の側が勝ったように、狂気と正気の対立ではもちろん狂気が正気に勝つことになる。「バッカスの巫女《みこ》たち」ではオーケストラに熱狂した観客が舞台にあがって楽器を破壊し、指揮者を連れ去り楽団員に大怪我をさせる。「黄色い花」はバスで見かけた男の子を自分の生れ変りだと信じた男の話である。この狂気のエスカレートというテーマはぼくもすでに「『蝶』の硫黄島」など何篇かで書いている。狂気は必ず現実を侵犯して勝つ、というのもコルタサルと同じだ。そして、のちに翻訳された彼の最高傑作『石蹴り遊び』という無限循環形式の長篇に、ぼくは仰天することになるのである。

大江健三郎『同時代ゲーム』

一九七九年、新潮社から刊行。八四年から新潮文庫になっている。

共通の友人だった塙嘉彦が亡くなる少し以前から大江健三郎との交際が始まっていたように記憶している。『同時代ゲーム』が出た時には率先して褒め称え、「失敗作である」という悪評が出た時にも「失敗作であることさえ度外視すれば傑作」と書いて、このフレーズは大江さんのお気に召したようだ。なんとしてもこの作品を不評から守りたくて、ちょうど日本SF作家クラブの事務局長になっていたので日本SF大賞の設立に奔走し、その一回目の受賞作にしようと努力したのだが、他の選考委員たちの反対で実現しなかった。そのかわり次の年度にはほとんど脅迫まがいの言辞を弄して井上ひさしの『吉里吉里人』を受賞に至らしめたのだった。

『同時代ゲーム』は作者の故郷である四国の谷間の村の歴史を神話化して、生地を聖地にまで高めた傑作だった。「妹よ」で書き出されるその近代史は文化人類学のトリックスターや両性具有や伝承などの理論を援用した奇想天外の物語である。ぼくが魅せられたのは何といっても登場する多彩なキャラクターにあった。神主をする傍ら村の歴史や神話を研究している主人公の父。アメリカ大統領とも接触していた主人公の妹。脱藩して川を遡行し、谷間に村=国家=小宇宙を作った創建者たちのリーダーである壊す人。天体力学の科学者であるアポ爺《ジー》、ペリ爺という愉快な双生児。冬眠機械を作ろうとする鉄工所の主人で旋盤工のダライ盤。壊す人の妻で百歳にもなり、復古運動をし、権力と性的魅力を伴って巨大化するオシコメ。壊す人の対極にある路上の莫迦《ばか》または気ちがいとしての、尻から眼が覗きペニスの先に藁をくりつけたシリメ。藩権力に対して一揆を企て、神格化されてメイスケサンと呼ばれることになる亀井銘助。大日本帝国の権力機構に対して奇想天外な計画を立て、のちに牛鬼と呼ばれて祭の習俗にもなる政治思想家の原重治。木から降りん人と呼ばれている、樹木から樹木へとつたわって歩き絶対に地上には降りないという老人。この老人を虐殺したのは村に侵攻してきた大日本帝国軍隊だったのだが、その指揮官である無名大尉。この中隊長は村との五十日戦争でさんざんな目に遭う。

魅力的なキャラを列挙しているだけで終りそうだが、これ以後のとんでもない人物の続出、さらには痛快無比な五十日戦争をはじめとする波瀾万丈の展開には、作者の爆発的な想像力にただ感服するばかりである。そして村=国家=小宇宙という視点からは、琉球王国であった沖縄への大江さんのこだわりも理解できるのだ。この小説を「二頁で読むのをやめた」と言った小林秀雄の読解力の不足、つまり濫觴《らんしょう》からいかに凄い話になるかを予測できない能力の不足ということになるが、これにはただただ呆れるしかない。

大江さんの示唆で塙嘉彦がぼくに書かせた『虚人たち』は泉鏡花文学賞を受賞した。ぼくはこのあと、井上ひさし『吉里吉里人』の刺戟《しげき》もあって小説世界の神話化をめざし、なんとか三位一体の一角に食い込もうという意図もあって『虚航船団』を書くことになる。

トゥルニエ『赤い小人』

榊原晃三・村上香住子《かすみこ》訳で一九七九年、早川書房から刊行。図書館か古書で。

故・塙嘉彦から教えられて読んだこの短篇集の作者もまた、小説の神話化、あるいは神話の小説化を試みた作家である。フランス人でありながらドイツ文化が大好きだったトゥルニエは、ドイツ軍によるフランス占領によって、美しいドイツ帝国という神話を壊されてしまい、そのためであったのか「同時代人にとっての神話を豊かなものに」するために小説を書いた人である。

創世記をブラック・ユーモアで描き、お爺さんのエホヴァと孫のカインを仲直りさせる「アダム一家」。神話的になってしまっている小説「ロビンソン・クルーソー」の後日談を描いた「ロビンソン・クルーソーの最期」では、逃げたフライデーや所在不明となったあの無人島にこだわり続けてロビンソンは老いぼれていく。このトゥルニエにはまた、ロビンソンとフライデーの立場が逆転する『金曜日あるいは太平洋の冥界《リンボ》』という長篇もある。新たな神話による神話の脱構築だろう。

サンタクロースをパロディにした「サンタのおばさん――クリスマス物語――」、少女の秘儀参入をテーマにした童話「アマンディーヌあるいは二つの庭――秘儀参入のコント――」、クリスマス前夜、創世記を冒瀆的に話す食人鬼の家にやってきた少年ピエールの物語「親指小僧の家出――クリスマス物語――」。そしてぼくに新たな神話の創作を強く促した「チュピック」は、男の子に存在する去勢コンプレックスから、去勢神話とでも言うべきものを創造しようとした傑作だ。このテーマはながくぼくの中に眠っていたのだが、やっと最近になって構想が整ってきた。今書いているところだが、八ヵ月かかってやっと百枚という遅遅たる進み具合であり、いつ完成するものやらさっぱりわからない。

さらには、ラファエルと名づけられたピアノの天才美少年が、醜く成人して道化にさせられるが、最後には彼を守護していた大天使ラファエルが現れて彼を助けてくれる「人の望みの喜びよ――クリスマス物語――」。そして表題作の「赤い小人」は、所謂《いわゆる》小人の巨根伝説から始まり、主人公の小人がサーカスの人気者となり、果ては自分より背の低い子供たちの帝王となる寓話であり、この短篇集の白眉といえる傑作だ。また、醜い容姿でありながらその声によって爆発的な人気を得たラジオのパーソナリティ、トリスタン・ヴォックスが、ひと目に触れまいと苦労するうち、ついには自分こそがトリスタン本人であるという美しい男の出現によって引退を余儀なくされる「哀しき声《トリスタン・ヴォックス》」や、被写体である男性モデルを食い尽す女性カメラマンを描いた「ヴェロニックの屍衣」などは、今で言うなら新たな都市伝説の創造であろう。

巻末の戯曲「フェティシスト――孤独な男のための一幕劇――」は、精神病院から脱け出してきた男が自分のフェティシズムを正当化する物語を観客に語って聞かせる話である。読者それぞれの中に存在する神話的なものを喚び起して目醒めさせようとしたトゥルニエの作品は、どこかぼくのパロディ精神に似ていると墻嘉彦は思ったのかもしれなかった。

フライ『批評の解剖』

海老根宏・中村健二・出淵《いづぶち》博・山内《やまのうち》久明訳で一九八〇年、法政大学出版局から刊行。

ぼくが書いているスラップスティックSFに対して無理解な批評が多く、だからといって反論できるような批評言語を駆使できるわけもなかったので、ぼくは理論武装することにした。ちょうどペンクラブの大会が一九八四年、日本で開かれることになり、これに出席したぼくは評論家の巽孝之と夕食した折、何かいい文学理論の本はないかと訊ねた。SFに詳しい彼はたちどころにぼくの意図を察したようで、この本を薦めてくれたのだった。法政大学出版局から出たこの本はウニベルシタスという叢書の一冊で、以後ぼくはこの叢書の本を次つぎに読むことになる。

『批評の解剖』はぼくにうってつけの入門書だった。特に最初の歴史批評と名づけられた、文学の様式の変遷に関する理論は、ぼくに我が意を得たりと思わせたのだ。なぜなら現代の文学作品の主人公は、まさにSF的な諷刺やアイロニーに満ちた物語の主人公でなければならぬという結論になっていたからである。歴史的に順を追うならば、最初は神話の時代である。神話しかない時代があって、この場合の主人公はもちろん神様だから、人間や環境よりも優れている。次いで恋愛小説や冒険小説の時代が来る。この時代の主人公は普通の人間や環境よりも少しだけ優れている、つまり英雄的な人物である。次が悲劇の時代で、この主人公は英雄的ではあるものの環境に負けてしまう。それからリアリズムや喜劇の時代が来る。これは主人公が周囲の人間や環境より優れても劣ってもいない場合であり、ぼくも書き、現代多く書かれている小説はたいていこれだと言えるだろう。次に来るのが諷刺やアイロニーの時代であり、この場合の主人公はもはや読者が見下すような、普通の人間より劣っている人物である。これこそまさにぼくの書いているドタバタＳＦの主人公たちなのであり、現代文学の最前線を見ればこのような人物がいかに多く登場することだろう。

ではいったいその次にはどんな文学が来るのだろうか。一方で牧師でもあるフライは、また神話に回帰するだろう、そしてその兆候はカフカやジョイスやＳＦの隆盛などにも見られると言っている。ああ。またしても神話だ。そして日本の小説が多く「物語元型」や「神話素」に、つまり同じような神話に向っていることはこの時代の日本文学を見れば明らかだったのだ。石川淳『狂風記』、大江健三郎『同時代ゲーム』、井上ひさし『吉里吉里人』、丸谷才一『裏声で歌へ君が代』などがそうである。

これらの作品に対するぼくの高い評価は、ちっとも間違っていなかったのだ。

フライはまた「原型批評　神話の理論」の中で「神話は文学的な構想の一方の極だし、自然主義はもう一方の極なのだ」と言っている。「ましな頭の持主なら、生き写しという尺度を捨て去り、つくられたもの自体を楽しむにちがいない」とも言っている。すべてぼくが考えていたことだったから、以後ぼくは難解なテクニカル・タームによる批判に幻惑されることなく、自分自身の道を模索することになる。

マルケス『族長の秋』

一九八三年、鼓直《つづみただし》訳で集英社から刊行。二〇〇七年、新潮社から他六編と合わせて刊行。

ノーベル文学賞を受賞したマルケスの『百年の孤独』は、ラテン・アメリカ文学が多く含まれている「新潮・現代世界の文学」シリーズの、他の多くの作品と共に、ぼくは彼が受賞するずっと以前に読んでいた。翻訳者の鼓直はその解説で、まだマジック・リアリズムという言葉こそ使っていないが「戯画化やデフォルメを可能にして笑いを巻き起す、作品中の現実的な要素と非現実的・空想的な要素とのかかわり方」について、「前者と後者は何らの異和もなく共存しているのだ。その鍵は文体にある」と書いている。ぼくが大きく影響されたのもまさにそれだった。

受賞の翌年、集英社の「ラテンアメリカの文学」の一冊として『百年の孤独』の次に書かれた『族長の秋』が、同じ鼓直の訳で出た。ベストセラーになった『百年の孤独』の大衆性に比べてこれは時間の進行やエピソードが錯綜《さくそう》していて難解だった。しかしぼくはこの作品の方が明らかに現代文学として先鋭的であると思ったし、何よりも超現実的な挿話が優れていた。カストロと親交があったマルケスは前作と同様、ここでも独裁という権力の本質を鋭く追究しているのだが、その方法は極めてシュールである。のっけから独裁者の死で始まる時間の逆行に加え、大統領府のバルコニーを牛が歩いていたり、列車がレールの上で眠りこけている猿や極楽鳥やジャガーを蹴散らして走ったりするという描写の連続だから、ちょっとついて行けない読者も多かっただろう。

大統領府に大浪が押し寄せてエボシ貝が鏡にびっしり張りつき、鮫が狂ったように謁見《えっけん》の間を泳ぎ回る。どうしても治らない男色を恥じて、尻の穴にダイナマイトを突っこみ、はらわたを吹っ飛ばす将軍。不穏な歌を歌うオウムを、政府転覆をたくらんだというので杭《くい》に縛りつけて銃殺にする。多雨地帯では陸の動物たちが歩いているうちに肉が腐り、タコが木々のあいだを泳ぐ。弾薬を節約するために十八人の将校を二人ずつ重ねて銃殺にする。子供の撃った反動砲で海のはらわたが引っくり返り、かつての奴隷貿易港の広場にテントを張っていた動物サーカスは吹っ飛び、投網にかかった象や溺死した道化が引き揚げられ、空中ブランコに放り上げられたキリンが引き降ろされる。貧民窟の露地をとことこ入っていった驢馬《ろば》が、反対側から骸骨になって露地を出てくる。こうしたシュールな笑いも、独裁者たる主人公の暴虐に満ちた行為の描写との相関によって、そうしたこともあり得たかもしれないと思わされてしまう。

「パリへ行き、現代文学の洗礼を受けた彼が故郷のコロンビアに帰って来て見れば、そこはもうシュール・リアリズムそのものの地だったんですね」と、故・堝嘉彦はぼくにレクチュアしてくれたのだったが、これはマルケスだけに限らなかった。次つぎに読んだカルペンティエール、リョサ、ドノソ、カサーレス、プイグ、多くのラテン・アメリカ文学の旗手たちの作品群はぼくに、自分も含めた日本の作家がいかに遅れているかを教えてくれたのだった。

ドノソ『夜のみだらな鳥』

鼓直訳で一九七六年、八四年、集英社から刊行。図書館か古書で。二〇一八年、水声社より刊行。

名門の富豪ドン・ヘロニモは生まれてきた恐るべき畸形のわが子のため、広大な土地に息子《ボーイ》を閉じ込め、国中の重度の畸形を集めて高給で雇い、いわば畸形の楽園を作る。神父も医者もすべて一級、二級の畸形である。隔絶された楽園の周囲には、雇ってほしいため大勢の畸形がさらに集ってきて村落を作る。単にひとつだけの畸形しか備えていない三級、四級の畸形たちだ。物語のほとんどはこの畸形の園と、やはりドン・ヘロニモが所有していて放置したままの広大な修道院のふたつに終始する。

主人公のウンベルトは、一冊だけ本を出した貧乏な作家だが、ドン・ヘロニモに見込まれて雇われ、記録者を兼ねて畸形の国の管理人となる。だが、ただひとりの正常者であった彼は、侏儒《こびと》の天才外科医によって臓器を剔出《てきしゅつ》され、畸形たちのそれと交換させられてしまったので、ついに逃げ出して修道院に身を寄せる。この見捨てられた修道院は、老女や孤児などの厄介者が投げ込まれる場所であった。主人公はここで《ムディート》と呼ばれて老女たちの面倒を見る。この老女たちの大群の不潔な貧しい日常の生活ぶりの描写たるや、凄まじいものがある。

全篇に漲《みなぎ》る狂気と饒舌と反復による熱気にはただならぬものがある。さらには時間の前後があり、人物の変身があり、非合理、不条理に満ちていて、読んでいるうちにだんだん気が変になってくるが、それでも読み続けずにはいられない。就中《なかんずく》、成人した《ボーイ》に逢うためにやってきたドン・ヘロニモが、堂堂たる美丈夫という正常者であるために、逆に《ボーイ》や畸形たちから化け物扱いされて石を投げられ、それでもわが子と話したいため彼らの言いなりになって這って歩くなどの屈辱に堪え続けるうち、ついには自らも畸形と考えるに至って自殺を遂げるくだり、また、売り払われて次第に廃墟に近づいていく修道院では、援助がなくなって食うに困った数十人の老女たちが、修道院内に無数に存在する建物の床やドアを叩き壊して燃料にし、孤児の少女を売春婦に仕立てあげ、三三五五町へくり出して強奪や盗みを働きはじめるくだりなどは圧巻である。その他、魔女は出る、聖女は出る、魔法による人体の入れ替えはある、老女たちの不潔な衣服の羅列と、修道院にやってきたドン・ヘロニモの妻である貴婦人によるそれらの衣服の賭博での身ぐるみ剥《は》ぐが如き強奪はある、礼拝堂取り壊し直前のどさくさにまぎれての神父による金めの器物の盗みはある、さまざまな畸形の描写はある、その畸形たちによる仮装舞踏会の大行進はある、ここはまさに善悪や美醜や聖俗を越えた文学的カーニバルの異空間だ。

鼓直の翻訳によって集英社「ラテンアメリカの文学」シリーズの一冊として出たこのドノソ『夜のみだらな鳥』こそは、間違いなく現代文学の最高峰のひとつと言えるだろう。このような作品がわが国では書かれず、また書き得ない状況にあることは哀しいことだと思いはじめていたぼくにとって、この読書体験は強烈だった。この七、八年後、ぼくはマスコミの自主規制による言葉狩りに抗議して断筆することとなる。

一九八五年、大橋洋一訳で岩波書店から刊行。九七年に同社から新版、二〇一四年に岩波文庫から上下巻で出ている。

イーグルトン『文学とは何か』

岩波書店から突然この本が送られてきて、同封の手紙を読むと大江健三郎氏から、この本をぜひぼくに送って読ませるようにという依頼があったとのことだった。当然大江氏はすでにこの本を読んでいて、真意は定かでないがぼくに読ませ、何らかのよき反応を抽出させようとしたのであったろう。「現代批評理論への招待」というサブタイトルのこの本はイギリスの批評家イーグルトンが、実にわかりやすく現代の文学批評の諸理論を概説した本であり、この本に触発されてぼくはのちに『文学部唯野教授』を書くことになるのだが、それがベストセラーになった時、この本の訳者である大橋洋一氏がわざわざ神戸のぼくの自宅までインタヴューに来られたのには恐縮してしまった。

今この本を開くと、読み進めながらの自分がいかに興奮していたかは鉛筆で余白に、滅多にしない書き込みをいっぱいしていることでわかる。全部読んでいないのにしている書き込みだから先走ったり頓珍漢だったりするのだが、途中からあきらかに小説化を想定した書き込みになるのが面白い。この本は一九九六年にいたるまで十八刷を重ね、十二年後にはイーグルトンのはしがきと、あとがき「文学理論の現在」を加えた新版が訳出されたが、そのあとがきで大橋氏は「本書の日本における運命にとって忘れてならないのは、筒井康隆氏の小説『文学部唯野教授』、とりわけ小説中の入門講義の部分と、有意義な関係を結べたことである」「小説を読んでから、本書へと赴く読者も多いのではないかと推測する」と書いてくれている。愛読書が自作と関係づけられ売上げに貢献するなどという事態は、一小説家にとって滅多にない幸せであった。

これは稀有《けう》の入門書である。文学者以外の初心者にもわかるように書かれているが、決して単純化せず、ややこしいことはそれを解きほぐし嚙み砕いて書かれているのだから、「難解に書かねば伝わらぬこともある」などと嘯《うそぶ》く批評家にはお手本にしてほしいくらいのものだ。この本がきっかけでぼくは「現象学的批評」に関してフッサールを再読し、イーザーの『行為としての読書』を受容理論理解のために読み、「解釈学的批評」に関してハイデガー『存在と時間』を読みはじめることになるが、無論これを完読するのは数年後のことだ。さらには記号論のソシュール、ポスト構造主義のバルトやデリダを勉強しながら唯野教授に講義させるのだから雑誌「へるめす」の連載を始めるまでにはずいぶん長い時間がかかってしまった。

「へるめす」発刊の直前、まだイーグルトンを読んでいない時だが、ぼくは大江健三郎と井上ひさしとの三人による「ユートピア探し　物語探し」という鼎談をし、後に本にしている。ここで二人がさまざまに示唆してくれたことは、ぼくに以後の仕事の方向を決定づけたと思うのだ。われわれとひとつ違いであり、まだ五十歳にもならない大江さんが「遺言」などと言っているのは先ごろの井上ひさしの死にも関連した、われわれの現今の仕事ぶりを予言したものではなかっただろうか。

ディケンズ『荒涼館』

青木雄造・小池滋訳で一九六九年、筑摩書房から世界文学全集、世界文学大系などで刊行。後にちくま文庫。二〇一七年に佐々木徹訳で岩波文庫から。

筑摩書房から突然この本が送られてきて、ほぼ同時に送られてきた大江健三郎の手紙には、ぜひ読むようにと書かれていた。ただし絶版になっている筑摩世界文学大系の保存用の一冊なので、読了後は必ず筑摩へ返送するようにとのことだった。実はそれまでぼくはディケンズをさほどの作家とは思わず、事実それまで読んだ彼の傑作とされる作品はことごとく直線的で成行きまかせのエンターテインメントだったから興味もなく、だから『荒涼館』などという聞いたこともない長篇のことはまったく知らなかったのである。だが二千五百枚を超える後期ディケンズのこの恐るべき大作を読んでぼくはディケンズをすっかり見直してしまった。あるいは大江氏はその頃のぼくとの対談で、しばしば見る共通の夢としてエンターテインメントばかりが並んだ書庫の話題になったことを記憶していて、これこそぼくが求めている理想的な作品だと教えてくれたのかもしれなかった。

女主人公はあくまで優しく、誰からも好かれ、頭が良く、滑稽なまでに善良である。彼女の手記と作者の視点が交互に示され、めずらしく複数の文体で書かれていて物語は重層的に進行する。登場人物はいずれも極端な典型的人物ばかりだが、この大勢の人物を処理するにはこれしかあるまいと納得させるし、ご都合主義的な展開も精密な構成や念入りな伏線によってそう感じさせない。読後感を大江氏に書き送ったら、彼はぼくの気づかなかった伏線まで教えてくれたものだ。

十九世紀のイギリスにおける形骸化した裁判制度を厳しく批判すると同時に、上流社会や政界や法曹界や中流階級、労働者階級、貧民、浮浪者までを詳細に描き出したこの作品は、娯楽的でもあると同時にスケールの大きな社会小説にもなっている。登場人物たちは今となってはそもそもの発端さえ誰も憶えていない四十年も続いた裁判にかかわった人びとである。その中には自殺者や犯罪者もいれば発狂者や破産者もいる。この作品が単なるエンターテインメントに終っていないのはその不条理性、社会的狂気の描写、さらに登場人物たちの恐るべき饒舌、長科白にある。なにしろ寡黙と設定されている人物でさえいざとなれば何十行にも及ぶ長広舌を振うのだ。現代ではその通俗性を批判されることの多いディケンズだが、この作品ではそれが現代性に通じていたりするから、傑作が時代を超えるというのは事実なのだろう。逆にディケンズ最高の傑作であるこの作品がわが国では知られていなくて読まれず、一度文庫化されたもののすぐ絶版になってしまっているのも、『二都物語』『クリスマス・キャロル』『大いなる遺産』『オリヴァ・トゥイスト』『デイヴィッド・コパフィールド』のような一般性を持たず、題材が特殊だったからでもあるのだろう。

だがぼくはこの影響でのちに、構成に工夫を凝らし伏線を張り精神分析や分析心理学の知識をちりばめた長篇『パプリカ』を書く。そしてまた、典型的人物の登場を必ずしも避けるなかれ、長広舌でリアリティが損なわれるのを強ち嫌《あなが》うなかれなどのぼくの信念はこの作品でより強固となったのだった。

丸谷才一『女ざかり』

一九九三年、文藝春秋から刊行。九六年、文春文庫に。

なにしろ十年に一度しか長篇を書かないと言われている丸谷才一の作品だから常に待ちかねていて、そのほとんどすべてを読んでいたのだが、この『女ざかり』には感心した。当時の書評には「ディケンズ的な長篇の技法が駆使されていて、その巧みさたるや退廃的ですらある」と書いている。この評は丸谷氏のお気に召したようで「退廃的とまで褒めてくれたのはありがたい」という礼状が来たりもした。実際この作品の面白さたるやただごとではなく、ベストセラーになり、映画化されたのも当然と言える。作者の最高傑作のひとつであろう。

女主人公は新聞社の論説委員だが、ある日の論説が政府に献金している宗教団体の忌諱《きき》に触れ、政府を通じ新聞社に圧力がかかって彼女は転出させられそうになる。彼女に論説をやめさせなければ、新社屋建設用の土地を払い下げてやらないと言うのである。ここで彼女を助けようとするのが、論説委員室の同僚で以前彼女から仕事を助けてもらったもと社会部の辣腕《らつわん》記者、恋人の文学部教授、彼女の親衛隊とも言える有名な日本画家その他、以前連載されたインタヴュー欄で彼女から取材されて以来彼女に魅せられてグルーピーになってしまった各界の大物たちであり、さらには大学院に通っている娘の友人の、日本史の助教授や大蔵官僚といった男たちである。偶然のことはいえ、登場人物のこうした布陣はたまたまぼくが書いたばかりの『パプリカ』と同じだったのですっかり嬉しくなり、尚さら作品にのめり込んだのだ。

これらの人物たちの会話が面白い。テーマとも言える贈与論は出てくる天皇論は出てくる、事件のもととなった産児制限や妊娠中絶の問題は出てくる、その他作者お得意の全方位的な雑学のまさに総動員であり、これらがストーリイに巧みに配置されていて、ペダンチックな作品世界に引きずり込まれてしまうのだ。また社説は、そのまま本当の社説にしてもおかしくない文章で、社説欄そのままの字数と行数で書かれていたりして、これもこの作家にしかできない芸当だろう。意外な展開は、もと女優でヒロインの伯母の登場だ。この女性が戦時中に知りあい、抱き合ったりもした兵士が、今や総理大臣になっているのである。クライマックスはこの伯母とヒロインが総理を訪ねて官邸に乗り込むくだりなのだが、ここでまたしても意外な人物が登場する。結末は書かない方がいいだろう。

つい一昨年のことだが、某テレビ局でレギュラー出演している番組の小生のコーナーで、この作品を取りあげた。しかるに女子アナの誰もこの作品のことを知らず、前もって読んでおくことを強いたところ、マスコミにかかわるテーマであっただけに三人全員が大喜びし、面白かったと口を揃えたのだ。今この小説があまり読まれていないらしいことが不思議だったのでamazonで検索してみたところ、なんと品切れ。さっそく丸谷氏にそのことを伝えると、しばらくしてから「増刷になりました。友情に感謝」というはがきが来た。その昔「ベトナム観光公社」を書評で絶讃され世に出してもらった恩返しになったのかなと思い、そのはがきは大事にしている。

ハイデガー『存在と時間』

中央公論社「世界の名著62」で一九七一年刊行（原佑《たすく》・渡辺二郎訳）、現在は中公クラシックスなど。二〇一三年、熊野純彦《すみひこ》訳が岩波文庫から全四冊で。

中央公論社「世界の名著」に収録されている原佑訳『存在と時間』は、何しろ二十世紀最大の著作と言われているだけに、完読にはずいぶん時間がかかった。だから読み終えた時の充足感は大きく、その内容の受け売りをしたくてならず、ついに「誰にもわかるハイデガー」と題して内容おまかせの講演依頼があればこれをやり、とうとうカセットブック、単行本にしてしまったのだから、よくまあのめり込んだものだ。

ハイデガーは人間という存在者を現存在と表現する。「現存在は、他の存在者のあいだで出来するにすぎない一つの存在者ではない。現存在が存在的に際立っているのは、むしろ、この存在者にはおのれの存在においてこの存在自身へとかかわりゆくということが問題であることによってなのである。だが、そうだとすれば、現存在のこうした存在機構には、現存在がおのれの存在においてこの存在へと態度をとる或る存在関係をもっているということ、このことが属している」といった超難解な文章を苦しみながら読んでいくうち、読解できた時の喜びに伴い、苦しみそのものが愉しくなってくるのが不思議だ。

さらに言語の厳密な定義が哲学には不可欠であることを教えられるうち、自分は言葉の意味をこれほど厳密に区別して使っているかという反省に至ったりもする。例えば恐れについては、知っているものが突如性を伴って出現した時は「驚愕」、見知らぬものが徐徐に近づいてくる場合は「戦慄」、見知らぬものが突如性を伴って出現した時は「仰天」という具合に、恐れの種類を厳密に規定しているのだ。

ハイデガーは早く言ってしまえば「死を想え」という哲学である。そして死を実に魅力的に書いている。と言っても青年を死に向わせるようなものではない。逆に、死があるからこそ生の意味を認識できると言っているのだ。まず死に対して向き合うことによって、その物凄い形相をした死に打ち砕かれる。そうでない限り死から眼をそむける頽落《たいらく》に陥ってしまって、死をあいまいな現象にし、不安を単なる恐れに逆転させてしまうのだ。こうした非本来的な存在のしかたには、空談、好奇心などさまざまなものがあり、これでは本来的な自分に直面して死を想うことはできない。何度も死を想うことに到来すれば、あるべき自分を了解することができる。そして現在を自分の内から開放することができるのだ。つまりは現在の自分の本来的な存在のしかたを知り、真に他者と出会うこともできるというのである。

ハイデガーは後年ナチスへの接近などで非難されることになったが、こうした自分のなすべきことへの真剣さから、おのれが引き受けている遺産つまり伝承の中から宿命を選んだことが関係したのかもしれない。むろんそんなことでこの大著の価値が僅かでも下がるということはあり得ないのだ。

筒井康隆のつくり方とでも名づけるべきこの「漂流」はこれで終る。ハイデガーが言うように、哲学書こそは書物の中の書物なのであるから、ここにおいていったん漂着したのだと思っていただきたい。

解説

知性は読書でのみ磨《みが》かれる

今野　敏（作家）

日本で、憧れの作家、尊敬する作家は誰かを問われたら、迷いなく「筒井康隆」とこたえる。そんな私が、筒井さんの本の解説を書くのだから、どんなに緊張し、また興奮しているか察していただきたい。

そもそも私がデビューできたのは、筒井さんのお陰と言ってもいい。作家としての恩人でもあるのだ。

高校生の頃からジャズを聴きはじめ、予備校生として上京してから山下洋輔トリオに夢中になり、ライブに通い詰めた。大学一年のときに、山下トリオからドラマーの森山威男氏が抜けると知り、おそろしくショックを受け、その無念さをなんとか他人に知ってもらおうと、小説を書いてしまった。

その小説を、筒井さんが選考委員をされていた問題小説新人賞に応募したのだ。もちろん筒井さんが山下洋輔氏と親交があるのを知ってのことだ。ぜひ読んでもらいたいと思ったのだ。

そして私は新人賞を受賞して小説家になれたわけだ。

高校生の頃から筒井さんの大ファンで、電車の中で読みふけって、降りるべき駅を乗り過ごしたのは、筒井さんの小説だけだ。

その頃からずっと憧れの作家だったのだが、一度たりとも模倣しようなどと考えたことはない。私などとは次元が違う。常にそんな思いがあった。

そんなすごい作家がどうやって誕生したのか。

本書『読書の極意と掟』は、それを知るためのヒントになり得る。もちろん、すべてのこたえがわかるわけではない。それでも私たちは大きな手がかりを得ることができる。

言うまでもなく、この本は読書を中心とした自伝的なエッセイだ。取り上げられる書物に、あるときは微笑み、あるときは圧倒されてしまう。

読書というのは、それ自体が力であると思い知らされる。というのも、私には読書好きに対するコンプレックスがあるからだ。もちろん、私だって文章を書いて生活をしているのだから、人並みに本は読む。だが、世の中には、猛烈な本読みがいて、その量と質に呆然とすることがしばしばだ。

この本も、そうした私のコンプレックスを刺激してくれる。それは敗北感のようなものでもあり、また一種の快感でもある。知性に触れたということを実感できるからだ。

そう。知性は読書でしか磨かれないのだ。映画も絵画鑑賞も美食も重要に違いない。しかし、それは読書を補完するものでしかないような気がする。

人間の成長には実体験が何より重要だという人がいる。それは認める。だが、人ひとりが生きていく上で、そんなに多くのことを経験できはしないのだ。読書による疑似体験も成長に大きく寄与するはずだ。

いや、あるいは読書のほうが影響が大きいということもあり得る。経験を言語化して理解し自分のものにするためにも読書はおおいに役に立つのだ。

本はただの外部記憶装置ではない。それを読んだときに、心の中に必ず起きる何らかのイベント。それこそが重要なのだと思う。

さて、この本は、「幼少年期」「演劇青年時代」「デビュー前夜」「作家になる」「新たなる飛躍」の五章から成っている。それぞれの章について見て行きたい。

まずは「幼少年期」。最初に登場するのが田河水泡の『のらくろ』というので、思わずにっこりとしてしまう。私は漫画好きなのだ。そして、筒井さんがノートに漫画を描いていたということを知り、うれしくなってしまった。私も小さい頃にまったく同じことをしていたからだ。

憧れの存在と自分の共通点を見つけるのは無類の喜びだ。

筒井さんの記憶の中の物語は、どれも魅力的だ。そして、それはセピア色の風景の中にあるようで、未読の物語すらなぜかなつかしく感じられる。

戦争に疎開。私はそのようなことを経験はしていないが、幼少年期の思い出というのはみな共通した感覚に昇華されるのだろうか。

この章を読んで思うことは、子供に読書を強要してはいけないということだ。ましてや読書感想文など課してはいけない。いくら言っても読まない子供は読まないのであり、放っておいても読書の魅力に取り憑《つ》かれる子供はいるのだ。

むしろ読むなと言われた書物を読みたくなる。読書というのは、人目を忍《しの》んで楽しむものであり、どこか淫靡《いんび》な魅力がある。特に幼少年期の読書にはその傾向が強いように思う。

それにしても小学校一年生で、第一書房の『西遊記』を読むなど、なんという子供だろう。

第二章の「演劇青年時代」を読み、私はまたうれしくなってしまう。実は私も高校時代に演劇部に入っていたからだ。男子校で部員は三人だけという弱小クラブだったが、その部員の一人が劇団四季に入ったのだから、ちょっとしたものだったと自負している。

だが、筒井さんのように演劇のために多くの書物を読む、などということはなかった。それほど真剣に取り組んでいたわけではないのだ。筒井さんが演劇のためにフロイドを読みはじめたとは驚きだ。

また、この時代にハードボイルドに触れていることに私は強く興味を持った。ハードボイルド文体と笑い（シニカルな笑いではない。まさに爆笑だ）の親和性に、筒井さんの作品が気づかせてくれた。その萌芽はこの時代にあったのか。

日活のニューフェイスに応募し、落選したことを「今でも思い返すたびにむかついてならない」と書かれているが、私は密かによかったと思っている。筒井さんが映画俳優になっていたら、私たちは目がくらむほど面白い作品群に出会えなかったのだから。

第三章の「デビュー前夜」のあたりから、おそらく私は一般の読者とは少々違った興味を持ちはじめる。同業者としてのさまざまな思いがあるからだ。あくまで筒井さんの自伝であることはわかっているが、つい自分を投影したくなる。

展示装飾の会社の営業に配属になり、その仕事が「いやでいやでしかたがなかった」ということだが、ここでも私は自分との共通点を見いだしてしまう。私も小説を書くかたわらレコード会社に入社したが、制作から宣伝に異動になり、その仕事がやはり「いやでいやでしかたがなかった」のだ。

この時代になると、ディックやブラウンなどという名前が登場して、私自身の青春時代とも重なる。

なんと筒井さんの誕生日は九月二十四日だったのか。私の誕生日は九月二十七日でかなり近い。それだけのことだが、ファンはうれしいものだ。

第四章の「作家になる」の部分はさらに私にとってビビッドだ。星新一さんや生島治郎さんなど、共通の知り合いも登場する。また、私が出会った作品は、筒井さんがこの時代に書かれたものだ。

特に強く共感するのは、夢の力だ。筒井さんは「夢をそのまま描いても芸術作品になり得る」と述べているが、それをいくつかの作品で証明されている。特に印象に残っている短編に、「遠い座敷」があるが、これも夢を作品にされたのではないかと思う（違っていたらすいません）。

またこの時代は、私にとっては「全日本冷やし中華愛好会」の時代でもある。山下洋輔氏が提唱者となって発足した愛好会で、赤塚不二夫氏、山下トリオ、平岡正明氏、タモリ氏そして、筒井さんらを巻き込んで、思想運動のパロディーが展開した。詳しく説明する余裕がないので、興味のある方はネット検索していただきたい。

憧れの筒井さんと山下トリオが何やら楽しげなことをやっている。うらやましいなあ、などと思っていたものだ。

「新たなる飛躍」の時代は、次第に純文学作家としての立場を確固としたものにされていった時期だと思う。

『文学部唯野教授』や『文学部唯野教授のサブ・テキスト』そして『文学部唯野教授の女性問答』には度肝を抜かれた。文学理論や文芸批評についてこれほど勉強をした作家がいただろうか。

それらの知識はフライの『批評の解剖』から始まり、イーグルトンが『唯野教授』執筆の直接のきっかけとなったのだということがわかった。それにしても、なんという探究心だろう。これこそが理論武装だ。

最後に手強いハイデガーが待っていた。筒井さんは「読解できた時の喜びに伴い、苦しみそのものが愉しくなってくるのが不思議だ」と述べておられるが、それこそがタイトルにある「読書の極意」なのではないかと思う。

私は気に入った本、大切な本は常に近くに置いて、折に触れて適当なページを開いて読む。この『読書の極意と掟』もそうした書物の中の一冊になった。

本書は二〇一一年一月に朝日新聞出版より刊行された単行本
『漂流　本から本へ』を改題し文庫化したものです。

|著者| 筒井康隆　1934年大阪市生まれ。同志社大学文学部卒業。展示装飾を専門とする会社を経て、デザインスタジオを設立する一方、'60年SF同人誌「NULL（ヌル）」を発刊し、江戸川乱歩に認められて創作活動に入る。'81年『虚人たち』で泉鏡花文学賞、'87年『夢の木坂分岐点』で谷崎潤一郎賞、'89年「ヨッパ谷への降下」で川端康成文学賞、'92年『朝のガスパール』で日本SF大賞、2010年菊池寛賞、'17年『モナドの領域』で毎日芸術賞を受賞。'02年に紫綬褒章を受章。主な作品に『アフリカの爆弾』『時をかける少女』『家族八景』『大いなる助走』『虚航船団』『残像に口紅を』『文学部唯野教授』『聖痕』『誰にもわかるハイデガー』などがある。

読書《どくしよ》の極意《ごくい》と掟《おきて》
筒井康隆《つついやすたか》

2018年7月13日第1刷発行

発行者――渡瀬昌彦
発行所――株式会社　講談社
東京都文京区音羽2-12-21　〒112-8001
電話　出版（03）5395-3510
　　　販売（03）5395-5817
　　　業務（03）5395-3615
Printed in Japan

講談社文庫
定価はカバーに
表示してあります

デザイン―菊地信義
本文データ制作―講談社デジタル製作
印刷―――豊国印刷株式会社
製本―――株式会社国宝社

ISBN978-4-06-512261-7

講談社文庫刊行の辞

二十一世紀の到来を目睫に望みながら、われわれはいま、人類史上かつて例を見ない巨大な転換期をむかえようとしている。

世界も、日本も、激動の予兆に対する期待とおののきを内に蔵して、未知の時代に歩み入ろうとしている。このときにあたり、創業の人野間清治の「ナショナル・エデュケイター」への志を現代に甦らせようと意図して、われわれはここに古今の文芸作品はいうまでもなく、ひろく人文・社会・自然の諸科学から東西の名著を網羅する、新しい綜合文庫の発刊を決意した。

激動の転換期はまた断絶の時代である。われわれは戦後二十五年間の出版文化のありかたへの深い反省をこめて、この断絶の時代にあえて人間的な持続を求めようとする。いたずらに浮薄な商業主義のあだ花を追い求めることなく、長期にわたって良書に生命をあたえようとつとめるところにしか、今後の出版文化の真の繁栄はあり得ないと信じるからである。

同時にわれわれはこの綜合文庫の刊行を通じて、人文・社会・自然の諸科学が、結局人間の学にほかならないことを立証しようと願っている。かつて知識とは、「汝自身を知る」ことにつきていた。現代社会の瑣末な情報の氾濫のなかから、力強い知識の源泉を掘り起し、技術文明のただなかに、生きた人間の姿を復活させること。それこそわれわれの切なる希求である。

われわれは権威に盲従せず、俗流に媚びることなく、渾然一体となって日本の「草の根」をかたちづくる若く新しい世代の人々に、心をこめてこの新しい綜合文庫をおくり届けたい。それは知識の泉であるとともに感受性のふるさとであり、もっとも有機的に組織され、社会に開かれた万人のための大学をめざしている。大方の支援と協力を衷心より切望してやまない。

一九七一年七月

野間省一

講談社文芸文庫

江藤 淳

海舟余波 わが読史余滴

解説・年譜＝武藤康史

えB8
978-4-06-512245-7

「朝敵」の汚名をこうむった徳川幕府の幕引き役を見事務めた勝海舟。明治になっても国家安寧を支え続けた、維新の陰の立役者の真の姿を描き出した渾身の力作評論。

鏑木清方

紫陽花舎《あぢさゐのや》随筆《ずいひつ》

選＝山田 肇

かX1
978-4-06-512307-2

晩年を鎌倉で過ごし、挿絵画から日本画家として「朝涼」「築地明石町」などの代表作を残した清方。流麗な文体で人々を魅了した多くの随筆は、今なお読者の心をうつ。

日夏耿之介

唐山感情集

解説＝南條竹則

ひE3
978-4-06-512244-0

幽玄な詞藻で、他に類を見ない言語世界を構築した日夏耿之介。酒と多情多恨の憂いを述べる漢詩の風韻を、やまとことばの嫋々たる姿に移し替えた稀有な訳業。

講談社文庫　目録

高殿　円　カーリー〈I．黄金の尖塔の国とあひると小公女〉
高殿　円　カーリー〈II．二十一発の祝砲とプリンセスの休日〉
高殿　円　カーリー〈III．孵《ふ》化《か》する恋と帝国の終焉〉
高殿　円　メサイア〈警備局特別公安五係〉
田中慎弥　犬と鴉
高野史緒　カント・アンジェリコ
高野史緒　カラマーゾフの妹
瀧本哲史　僕は君たちに武器を配りたい〈エッセンシャル版〉
竹吉優輔　襲名犯
竹吉優輔　レミングスの夏
高田大介　図書館の魔女　第一巻
高田大介　図書館の魔女　第二巻
高田大介　図書館の魔女　第三巻
高田大介　図書館の魔女　第四巻
高田大介　図書館の魔女　烏《からす》の伝言《つてこと》(上)(下)
大門剛明　反撃のスイッチ
橘　もも　OVER《オーバー》DRIVE《ドライブ》
陳　舜臣　中国五千年(上)(下)
陳　舜臣　中国の歴史全七冊
陳　舜臣　中国の歴史　近・現代篇(一)(二)
陳　舜臣　小説十八史略全六冊

陳　舜臣　新装版　阿片戦争全四冊
陳　舜臣　琉球の風(上)(下)〈レジェンド歴史時代小説〉
千早　茜　森の家
千野隆司　大店の暖簾《のれん》〈下り酒一番〉
筒井康隆　創作の極意と掟
筒井康隆ほか12名　名探偵登場！
津島佑子　黄金の夢の歌
津村節子　遍路みち
津村節子　三陸の海
津本　陽　真田忍俠記(上)(下)
津本　陽　本能寺の変
津本　陽　武蔵と五輪書
津本　陽　幕末御用盗
土屋賢二　純粋ツチヤ批判
塚本青史　呂后
塚本青史　王莽
塚本青史　光武帝(上)(中)(下)
塚本青史　張騫
塚本青史　凱《がい》歌《か》の後《のち》

塚本青史　始皇帝
塚本青史　三国志　曹操伝　上〈落暉の洛陽〉
塚本青史　三国志　曹操伝　中〈群雄の彷徨〉
塚本青史　三国志　曹操伝　下〈赤壁に決す〉
辻原　登　マノンの肉体
辻原　登　寂しい丘で狩りをする
辻村深月　冷たい校舎の時は止まる(上)(下)
辻村深月　子どもたちは夜と遊ぶ(上)(下)
辻村深月　凍りのくじら
辻村深月　ぼくのメジャースプーン
辻村深月　スロウハイツの神様(上)(下)
辻村深月　名前探しの放課後(上)(下)
辻村深月　ロードムービー
辻村深月　ゼロ、ハチ、ゼロ、ナナ。
辻村深月　V．T．R．
辻村深月　光待つ場所へ
辻村深月　ネオカル日和
辻村深月　島はぼくらと
辻村深月　家族シアター

講談社文庫　目録

編/解説中田整一　真珠湾攻撃総隊長の回想〈淵田美津雄自叙伝〉
中村江里子　女四世代、ひとつ屋根の下
中野美代子　カスティリオーネの庭
中野孝次　すらすら読める方丈記
中野孝次　すらすら読める徒然草
中山七里　贖罪の奏鳴曲《ソナタ》
中山七里　追憶の夜想曲《ノクターン》
中山七里　恩讐の鎮魂曲《レクイエム》
長島有里枝　背中の記憶
長浦京　赤《セキ》刃《ジン》
中澤日菜子　お父さんと伊藤さん
中澤日菜子　おまめごとの島
長辻象平　半百《はんびゃく》の白刃　虎徹と鬼姫(上)(下)
中脇初枝　世界の果てのこどもたち
西村京太郎　四つの終止符
西村京太郎　七人の証人
西村京太郎　華麗なる誘拐
西村京太郎　寝台特急「日本海」《メモリー・トレイン》殺人事件
西村京太郎　十津川警部　帰郷・会津若松

西村京太郎　特急「あずさ」《アリバイ・トレイン》殺人事件
西村京太郎　寝台特急「北斗星」《ロイヤル・トレイン》殺人事件
西村京太郎　十津川警部　姫路・千姫殺人事件
西村京太郎　十津川警部の怒り
西村京太郎　新版　名探偵なんか怖くない
西村京太郎　十津川警部「荒城の月」殺人事件
西村京太郎　宗谷本線殺人事件
西村京太郎　奥能登に吹く殺意の風
西村京太郎　特急「北斗1号」《スーサイド・トレイン》殺人事件
西村京太郎　十津川警部「悪夢」通勤快速の罠
西村京太郎　十津川警部　五稜郭殺人事件
西村京太郎　十津川警部　湖北の幻想
西村京太郎　九州新特急「つばめ」殺人事件
西村京太郎　九州特急「ソニックにちりん」殺人事件
西村京太郎　十津川警部　幻想の信州上田
西村京太郎　高山本線殺人事件
西村京太郎　十津川警部　金沢・絢爛たる殺人
西村京太郎　伊豆誘拐行
西村京太郎　東京・松島殺人ルート

西村京太郎　秋田新幹線「こまち」殺人事件
西村京太郎　十津川警部　生死を分けた石見銀山《トリアージ》
西村京太郎　悲運の皇子《みこ》と若き天才の死
西村京太郎　十津川警部　長良川に犯人を追う
西村京太郎　新装版　殺しの双曲線
西村京太郎　十津川警部　西伊豆変死事件
西村京太郎　愛の伝説・釧路湿原
西村京太郎　山形新幹線「つばさ」殺人事件
西村京太郎　新装版　名探偵に乾杯
西村京太郎　十津川警部　君は、あのSLを見たか
西村京太郎　南伊豆殺人事件
西村京太郎　十津川警部　青い国から来た殺人者
西村京太郎　十津川警部　箱根バイパスの罠
西村京太郎　新装版　天使の傷痕
西村京太郎　新装版　D機関情報
西村京太郎　十津川警部　猫と死体はタンゴ鉄道に乗って
西村京太郎　韓国新幹線を追え
西村京太郎　北リアス線の天使
西村京太郎　十津川警部　長野新幹線の奇妙な犯罪

講談社文庫　目録

西村京太郎　上野駅殺人事件
西村京太郎　京都駅殺人事件
西村京太郎　沖縄から愛をこめて
西村京太郎　十津川警部「幻覚」
西村京太郎　函館駅殺人事件
新田次郎　新装版　武田勝頼 (一)陽の巻 (二)水の巻 (三)空の巻
新田次郎　新装版　聖職の碑《いしぶみ》
新田次郎　新装版　風の遺産
新田次郎　新装版　鷲ヶ峰物語
日本文芸家協会編　愛染夢灯籠〈時代小説傑作選〉
日本推理作家協会編　殺人の教室〈ミステリー傑作選〉
日本推理作家協会編　犯人たちの部屋〈ミステリー傑作選〉
日本推理作家協会編　隠された鍵〈ミステリー傑作選〉
日本推理作家協会編　セブンミステリーズ〈ミステリー傑作選〉
日本推理作家協会編　曲げられた真相〈ミステリー傑作選〉
日本推理作家協会編　MARVELOUS MYSTERY 至高のミステリー、ここにあり〈ミステリー傑作選〉
日本推理作家協会編　Play《プレイ》推理遊戯〈ミステリー傑作選〉
日本推理作家協会編　Doubt《ダウト》きりのない疑惑〈ミステリー傑作選〉
日本推理作家協会編　Bluff《ブラフ》騙し合いの夜〈ミステリー傑作選〉
日本推理作家協会編　Spiral《スパイラル》めくるめく謎〈ミステリー傑作選〉
日本推理作家協会編　Logic《ロジック》真相への回廊〈ミステリー傑作選〉
日本推理作家協会編　BORDER《ボーダー》善と悪の境界〈ミステリー傑作選〉
日本推理作家協会編　Guilty《ギルティ》殺意の連鎖〈ミステリー傑作選〉
日本推理作家協会編　Shadow《シャドウ》闇に潜む真実〈ミステリー傑作選〉
日本推理作家協会編　Junction《ジャンクション》運命の分岐点〈ミステリー傑作選〉
日本推理作家協会編　Question《クエスチョン》謎解きの最高峰〈ミステリー傑作選〉
日本推理作家協会編　Symphony《シンフォニー》漆黒の交響曲〈ミステリー傑作選〉
日本推理作家協会編　Esprit《エスプリ》機知と企みの競演〈ミステリー傑作選〉
日本推理作家協会編　Life《ライフ》人生、すなわち謎〈ミステリー傑作選〉
日本推理作家協会編　Love《ラブ》恋、すなわち罠〈ミステリー傑作選〉
日本推理作家協会編　Propose《プロポーズ》告白は突然に〈ミステリー傑作選〉
日本推理作家協会編　謎〈東野圭吾選　スペシャル・ブレンド・ミステリー〉001
日本推理作家協会編　謎〈宮部みゆき選　スペシャル・ブレンド・ミステリー〉002
日本推理作家協会編　謎〈恩田陸選　スペシャル・ブレンド・ミステリー〉003
日本推理作家協会編　謎〈京極夏彦選　スペシャル・ブレンド・ミステリー〉004
日本推理作家協会編　謎〈伊坂幸太郎選　スペシャル・ブレンド・ミステリー〉005
日本推理作家協会編　謎〈今野敏選　スペシャル・ブレンド・ミステリー〉006
日本推理作家協会編　謎〈桜庭一樹選　スペシャル・ブレンド・ミステリー〉007
日本推理作家協会編　謎〈辻村深月選　スペシャル・ブレンド・ミステリー〉008
日本推理作家協会編　謎〈綾辻行人選　スペシャル・ブレンド・ミステリー〉009
日本推理作家協会編　謎〈大沢在昌選　スペシャル・ブレンド・ミステリー〉010
二階堂黎人　双面獣事件(上)(下)
二階堂黎人　覇王の死(上)(下)
二階堂黎人　ラン迷宮〈二階堂蘭子探偵集〉
新美敬子　世界の旅猫105
西澤保彦　解体諸因
西澤保彦　新装版　七回死んだ男
西澤保彦　殺意の集う夜
西澤保彦　人格転移の殺人
西澤保彦　麦酒《ばくしゅ》の家の冒険
西澤保彦　ソフトタッチ・オペレーション
西澤保彦　新装版　瞬間移動死体
西澤保彦　いつか、ふたりは二匹
西村健　ビンゴ
西村健　脱出　GETAWAY
西村健　突破　BREAK
西村健　劫火1　ビンゴR《リターンズ》

2018年6月15日現在